Jemia et J.M.G. Le Clézio

Gens
des nuages

Photographies de Bruno Barbey

Gallimard

Pour Ghalia,
ses enfants,
ses petits-enfants.

Grâce à vous, la vie apparaît sur chaque pays que vous
*   visitez*
comme si vous étiez une pluie qui tombe sur la terre
et vous donnez à voir un spectacle de grâce
comme si vous étiez des fleurs aux yeux de l'humanité.

Votre lumière guide le voyageur jusqu'à son but
comme si vous étiez des lunes dans l'obscurité de la nuit.

Dieu ne laissera aucun quartier manquer de votre visite,
ô vous dont la mémoire restera inscrite en chacun de nous
au centre de notre corps et au fond de notre cœur !

SIDI ABOU MADYAN,
Qasida en Ra.

Prologue

Lorsque l'idée d'écrire ensemble un livre s'est matérialisée, il nous est apparu que ce ne pouvait être que ce livre-ci : le compte rendu d'un retour aux origines, vers la vallée de la Saguia el Hamra, la Rivière Rouge, d'où la famille de Jemia est venue.

Jemia connaît depuis toujours son identité. Sa mère faisait à la fois référence à son ethnie saharienne et à sa couleur en lui disant qu'elle était une Hamraniya, une Peau-Rouge en quelque sorte.

Il n'est pas facile de retourner vers un lieu d'origine, particulièrement quand ce lieu est un territoire lointain, entouré par le désert, isolé par des années de guerre, et qu'on ne sait rien sur le sort de ceux qui y sont restés. La Saguia el Hamra est une vallée asséchée à l'extrême sud du Maroc, au-delà du Draa, au cœur d'un territoire qui a longtemps appartenu à l'Espagne sous le nom de Rio de Oro. Pour y parvenir, il faut franchir des milliers de kilomètres, traverser l'Atlas et l'Anti-Atlas, le

15

plateau de la Gadda, jusqu'à la ville sainte de Smara.

Mais la difficulté venait moins de la distance et des risques (nous avions été prévenus que la région, quoique pacifiée, restait dangereuse à cause des mines) que de la différence qui séparait Jemia, descendante de la lignée des Aroussiyine, des membres de sa famille restés au désert.

Tribu fondée par Sidi Ahmed el Aroussi

C'est cette distance-là qui était sans doute la plus difficile à franchir. Car c'est une chose de voyager et d'aller au-devant de nouveaux horizons, et une tout autre chose que de rencontrer son passé, comme une image inconnue de soi-même.

De ce voyage vers la Saguia el Hamra, nous avions parlé depuis la première fois que nous nous étions rencontrés. Les circonstances,

nos occupations, nos préoccupations familiales — les études de droit de Jemia, l'attirance de JMG pour le monde amérindien et le Mexique —, ainsi que la situation troublée dans laquelle se trouvait une grande partie du territoire des nomades Aroussiyine, avaient rendu ce retour improbable, voire impossible.

Nous en parlions toujours, mais nous n'y pensions que comme à ces rêves qu'on poursuit jour après jour et qui deviennent un secret de la vie quotidienne.

Pour tenter de donner une plus grande réalité à ce rêve de retour, JMG avait écrit son roman *Désert*, autour de la figure légendaire du cheikh Ma el Aïnine, le chef spirituel qui avait réussi à regrouper à Smara, dans la Saguia el Hamra, à la fin du siècle dernier, une armée de guerriers luttant contre le pouvoir colonial français et espagnol. La mère de Jemia nous avait parlé de Ma el Aïnine, un parent par alliance. Elle disait son regret de ne pas avoir pu récupérer l'arbre généalogique de sa famille remis naguère à Ma el Aïnine, au temps de l'insurrection. Ce document, joint aux généalogies des autres habitants du désert, avait permis au cheikh d'évaluer le nombre des hommes disponibles pour la guerre. En écrivant son roman, JMG se rapprochait de ce désir commun, retrouver l'héritage perdu. De son côté, Jemia avait commencé une

recherche de documentation en vue d'un mémoire de droit sur le Sahara occidental.

Mais le voyage restait une chimère. Il était
plus facile d'aller à Maurice, à Rodrigues, au
Mexique, en Chine, qu'à la Rivière Rouge.
Quand nous en parlions encore, il nous sem-
blait que cette vallée n'avait pas d'existence
terrestre, qu'elle était un pays perdu, un lieu
de mythe, qui s'ouvrait quelque part sur la
côte d'Afrique et plongeait au cœur du
temps. Un lieu tel qu'une île inaccessible. Y
allait-on autrement que par la magie ?

Et voici que tout d'un coup, alors que nous
n'y songions plus, le voyage devint possible.
Il était venu à nous quand nous ne l'espérions
plus. Nous pouvions en parler d'une façon
très simple, comme s'il s'agissait de visiter
une province lointaine. Les noms fabuleux
devenaient réels : Saguia el Hamra, Sidi Ahmed el Aroussi, Smara, Cheikh Ma el Aïnine.
Tout cela n'était qu'une question de journées
de route, d'étapes, de véhicule tout-terrain.
Le retour devenait un itinéraire.

Faire passer la Saguia el Hamra des limbes de
la conjecture à la réalité, c'était à peu près
cela, le sens de ce voyage. Nous ressentions

alors une grande curiosité, aiguisée par toutes ces années d'attente. Entendre parler les Aroussiyine, les approcher, les toucher.

De quoi vivaient-ils ?

Avaient-ils toujours des troupeaux de chameaux et de chèvres, élevaient-ils toujours des autruches ?

Combien étaient-ils ?

Avaient-ils changé au cours des siècles, depuis que Sidi Ahmed el Aroussi avait fondé la tribu ? Comment s'étaient-ils adaptés aux changements ? Vivaient-ils encore en harmonie avec le désert, malgré les nouveaux besoins de la vie moderne ?

Nous voulions entendre résonner les noms que la mère de Jemia lui avait appris, comme une légende ancienne, et qui prenaient maintenant un sens différent, un sens vivant : les femmes bleues ; l'assemblée du vendredi, qui avait donné son nom à Jemia ; les tribus chorfa (descendantes du Prophète) ; les Ahel Jmal, le Peuple du chameau ; les Ahel Mouzna, les Gens des nuages, à la poursuite de la pluie.

Nous sommes partis sans réfléchir, sans savoir où nous allions, sans être même sûrs que nous

21

y arriverions. Sans cartes, puisque la seule carte disponible, celle du Maroc publiée par Michelin au 1/100 000, n'indique que Smara et ne mentionne pas le lieu du tombeau de Sidi Ahmed el Aroussi.

L'itinéraire comptait peu. La seule route qui nous attirait, c'était la route 44 qui part de Tan-Tan, traverse le Draa et plonge vers le Sud, à travers le plateau de la Gadda, en direction d'Abattekh et de Smara.

Nous avons préparé le voyage en suivant le tracé de cette route qui va droit à travers le désert de pierres jusqu'à la ville sainte de Smara. Nous imaginions les vents violents qui la recouvrent de sable, la chaleur, les mirages, la solitude. Entre Tan-Tan et Smara, il y a environ trois cents kilomètres. En France, aux États-Unis, et même au nord du Maroc, ce n'est rien. Mais ici ? Trois cents kilomètres de vide, sans eau, sans villages, sans forêts, sans montagnes, comme si on roulait sur une planète étrangère. Nous évoquions la route qui traverse le désert de Mapimi, après Ciudad Jimenez, au nord du Mexique. Ou bien, en Jordanie, cette route très droite qui, après Qasr el Azraq, coupe le désert en direction de la frontière irakienne, et sur laquelle roulaient, tous phares allumés, les semi-remorques, au moment de la guerre du Golfe. Est-ce que la route de Smara pouvait être ainsi ? Ou n'était-elle qu'une piste environnée de poussière, fuyant l'une des terres les plus inhospitalières du globe ? C'est grâce aux cartes que l'esprit voyage. Nous scrutions chaque détail, nous lisions chaque nom, nous suivions le tracé en pointillé des rivières qui s'enlisent dans le sable, nous repérions les diverses sortes de puits, permanents ou temporaires, *bir* profond ou *hassi* à fleur de terre et saumâtre, nous essayions d'évaluer les courbes de niveau, de deviner les passages qu'empruntaient les hommes et les troupeaux, les endroits où ils dressaient les tentes à l'étape. Et tous ces noms, comme une musique, comme une poésie : la Hamada du Draa, le Gaa, l'Imrikli, l'oued Noun, le Jbel Tiris, Smara, Zemmour el Akhal, le Jbel Ouarkziz.

Ces noms étaient magiques. L'histoire levait au-dessus d'eux comme une poussière, faite de toutes les légendes, toutes les rumeurs. Dans les grandes oasis, à Atar, à Chinguetti,

Gens des nuages

à Oualata, les gens s'assemblaient avec leurs chameaux, ils dressaient leurs tentes au bord de l'eau, la musique de flûte résonnait, les femmes dansaient et chantaient, les hommes récitaient des épopées ou rivalisaient de poèmes amoureux.

C'est dans ce désert qu'était née la première grande insurrection quand les marabouts lançaient leurs appels à la guerre sainte et que le cheikh Ma el Aïnine, enveloppé dans son immense *khount* (voile) bleu de mer, exhortait ses fils Mohammed Laghdaf et Ahmed el Dehiba, la « Parcelle d'or », à combattre avec leurs cavaliers et leurs méharis l'une des plus puissantes armées du monde équipée de mitrailleuses et de canons, et promettait à ses guerriers l'invulnérabilité en soufflant sur ses ennemis du sable chargé de sortilèges. Nous avons pris la route du Sud comme si nous nous étions réveillés, et pourtant chaque détail du paysage se liait au suivant selon la logique impeccable du rêve.

Passage du Draa

Au-dehors, la nuit froide du désert.
Au-dedans, la nuit qui s'échauffe, s'illumine.
Que la terre se couvre d'une fourrure d'épines !
Nous avons pour nous seuls un doux jardin.

RUMI, *Mathnawi*, livre premier.

C'est ici la porte du désert.

Bizarre porte : un portique plutôt, de ciment armé, figurant un couple de dromadaires se baisant sur la bouche au travers de la route, photographié par Callixto sur la trace du Portugais Gil Eanes, le premier Européen à avoir abordé le Sahara en 1434 !

Tan-Tan (nous préférons le nom plus doux d'Aoreora) est une ville-camp : maisons éparses, une caserne, de la poussière, le froid du désert. La mer est à deux pas, une grande plage grise, une falaise usée par le vent, aussi nue et rasée que la côte espagnole à Malaga. Il y a un hôtel-bar fantomatique, des chiens qui errent sur la plage. Les silhouettes massives des conserveries. Un air de bout du monde. Ce pourrait être au Chili, au Pérou. Pendant longtemps, en effet, le monde s'est arrêté là. La civilisation est au nord, à Tiznit, à Guelmim.

Ce que nous attendions, c'était le Draa.

Sur les cartes, nous avions regardé cet estuaire, remonté par la pensée la vallée du plus long fleuve marocain, comme un chaos magnifique, dans notre imagination pareil à celui des grandes vallées de la mer Morte, du Jourdain, de l'oued Sar. Une faille séparant dramatiquement l'Afrique fertile du Sahara, l'endroit où s'affrontèrent pour la première fois, il y a cinq mille ans, les peuples berbères et les Africains noirs avant de donner naissance aux Maures.

On arrive dans la vallée du Draa presque sans s'en rendre compte. On franchit les contreforts usés, arides, et, tout d'un coup, on est comme au fond d'une vallée sous-marine dénudée par une gigantesque marée.

C'est un des reliefs les plus vieux du monde, lente ondulation de collines de schistes et de grès, qui sert de marchepied au socle granitique du désert. Il y a encore des touffes d'arbustes, quelques arganiers, des gommiers, qui indiquent la présence du formidable courant d'eau souterrain. Au loin, masqué par une brume, on devine l'autre versant de la vallée, le début de la Gadda.

La route est une digue qui franchit des plages de galets, des cours d'eau presque secs. C'est ici. C'est le Draa. Rien de spectaculaire, et pourtant cela fait battre le cœur.

Ce fleuve presque invisible est né à mille kilomètres de là, dans les neiges de l'Atlas, il a créé les plus anciennes cultures berbères du Maroc. C'est par la route du Draa, à travers le Jbel Sahrho, qu'en février 1897 le cheikh Ma el Aïnine, au milieu de son armée d'hommes bleus du désert, est remonté jusqu'à la ville de Marrakech pour rencontrer le sultan Moulay Abdelaziz. Sa remontée était triomphale. Chaque village chleuh envoyait des délégations, des jeunes hommes se joignaient à sa troupe, acclamaient le vieux cheikh et son fils el Dehiba, venus en libérateurs pour bouter dehors les étrangers qui avaient occupé les côtes marocaines.

Et c'est par cette même route

qu'ils étaient redescendus en 1910, vaincus à la bataille de Kasbah Tadla par les soldats du général Mangin. Décimés par les mitrailleuses Hotchkiss, mourant de faim, de maladie, détruits par les canons du cuirassé Cosmao qui avaient pilonné la citadelle d'Agadir.

Tandis que nous traversons le lit desséché du Draa, JMG ne peut s'empêcher de scruter les buissons, les massifs des arganiers, les collines au loin, comme s'il allait apercevoir les hommes bleus, en route avec leurs familles, leurs troupeaux de bêtes, marchant sur la ville de Marrakech au temps de Ma el Aïnine. Mais le vieux cheikh n'a pu rejoindre Moulay Hafid à Fez. Son rêve d'une confédération de toutes les tribus nomades du Sahara unies pour jeter à la mer les envahisseurs français, portugais et espagnols s'est brisé. En 1908, Moulay Hafid fut contraint, sous la menace, de reconnaître le traité d'Algésiras, qui donnait le Maroc en tutelle à la France et obligeait le peuple ruiné à payer une dette de 206 millions de francs en dédommagement de guerre. Malgré la lettre de soumission que Ma el Aïnine adressa au sultan, en date du 7 octobre 1909 — lettre signée par son fils Ahmed el Dehiba —, la France décida de faire un exemple et de punir le « sultan du désert » pour son arrogance. Sur la route de Fez, l'armée composée de six mille guerriers issus de la plupart des tribus sahariennes — Reguibat, Berik Allah, Ouled Delim, Tidrarin, Aroussiyine, Zarguiyine, Aït Lahcen, Aït Ba Amrane, Tekna, Ouled Bou Sba — fut vaincue par la tactique et la puissance de feu d'une armée moderne de seulement deux mille cinq cents hommes, dont les deux tiers étaient des tirailleurs sénégalais et des mercenaires maures.

C'est ici, dans la vaste embouchure du Draa, que s'est achevée l'épopée. Le vent qui souffle de la mer emporte la mémoire des hommes bleus, arrache des lambeaux à leur légende d'invulnérabilité. En amont, près des sommets de l'Atlas, les torrents qui alimentent la rivière arrosent les champs d'orge et de blé des villages chleuhs endormis dans leur passé millénaire, à Tata, à Foum Esguid… Plus loin encore, aux confins du désert, le Draa coule auprès des palmeraies, à Zagora, à Ouarzazate, à l'embouchure de l'oued Dadès.

À Tiznit, au bout du dédale de l'ancienne médina, il y a le tombeau de Ma el Aïnine, entouré d'un mur d'enceinte chaulé. C'est ce qu'on appelle au Maroc une *zaouya*, à la fois une sépulture, un lieu de prière et un refuge pour les voyageurs. Un havre de silence et de paix sous le ciel bleu. À l'intérieur, nous nous sommes arrêtés un moment devant les tombes. Un grand cercle de pierres noires, un autre plus petit : Moulay Ahmed ben Mohammed el Fadel, surnommé Ma el Aïnine, l'Eau des yeux, et sa femme Lalla Maymouna. Ici repose à côté de sa femme celui qui fut l'un des grands chefs du Sahara, affilié aux confréries religieuses du Sud, les Kadria de Moulay ben Azza, les Bekkaïa de l'Azouad mauritanien. Le fondateur des Goudfia, et sans doute l'un des derniers cheikhs el Akbar du soufisme marocain, possédant son chapelet, auteur de nombreux traités de théologie, astronome, poète, thaumaturge, capable de lire dans les pensées et de guérir les maladies en soufflant sur le sable.

Dans l'étroit silence de la demeure, la tombe est à la fois grandiose et humble : un cercle de pierres couvert d'un tapis. Contiguë au tombeau, une salle vide noyée d'ombre attend les pèlerins. Nous n'avons pas osé poser la question, mais nous avons pensé que c'est ici, dans cette salle, que Ma el Aïnine a rendu son dernier souffle, la tête appuyée sur les genoux de Lalla Maymouna.

Le désert

Ne demande pas ce que l'amour peut faire ou créer !
Regarde seulement les couleurs du monde.
L'eau de la rivière coule dans toutes les rivières en
même temps.
La vérité vit dans la face du soleil.

RUMI, *Mathnawi*, livre premier.

Il n'y a pas de plus grande émotion que d'entrer dans le désert. Aucun désert ne ressemble à un autre, et pourtant, chaque fois le cœur bat plus fort.

Ensemble nous avons fréquenté quelques déserts, en Amérique particulièrement. Les étendues de White Sands, au Nouveau-Mexique, et surtout le désert du Sonora, au Mexique, brûlant, avec des passages au-dessous du niveau de la mer, une température aux limites du tolérable. L'étendue ocre, entre Mexicali et Sonoita, le désert lunaire de la Basse-Californie, ou la zone du Silence, dans le désert de Mapimi, près de Jimenez, où le sol est jonché de débris de météorites.

À partir du Draa, on entre vraiment dans le Sahara. La rive sud du grand fleuve est un escarpement qui fait changer de monde. D'un côté la vallée brumeuse, qui porte les traces de l'occupation humaine ; de l'autre, un socle dur, semé de pierres noires aiguës. Étrange voyage que celui de Vieuchange, qui donna sa vie sur cette route pour atteindre la ville de Smara, pour être, comme il l'écrit dans ses carnets, « le premier de sa race » à y entrer. Pourtant, malgré tout ce qui nous sépare (et d'abord la facilité de notre voyage) nous partageons son émotion, son impatience.

Le plateau de Gadda est bien tel qu'il l'a vu, sans fin, monotone, presque sépulcral, d'une beauté hors de la mesure humaine. Minéral : au fur et à mesure qu'on avance vers le Sud, la végétation rase des abords du Draa s'amenuise, se fait plus chétive, plus noire, jusqu'à être réduite à néant. La route suit des sortes de couloirs, des stries, des rainures. Au loin, les collines de pierres sont bleues, irréelles : des cuestas, des dunes, des glacis de sable. À certains endroits, la terre brille comme s'il y avait une gloire sous le ciel gris. Nulle part ailleurs nous ne nous sommes sentis aussi près du socle du monde, aussi proches de la dureté éternelle dont on dit qu'elle prendra un jour la forme d'un immense aérolithe de fer. Et pourtant aussi touchés par la lumière, par le soleil. Comme si nous étions des insectes collés à une gigantesque vitre, pris entre les deux plaques abrasives de la terre et du ciel.

Paysage du vent, du vide.

Pays usé dont l'eau s'est retirée un jour, laissant à nu les fonds, les anciennes plages, les chenaux, les traces de coups des vagues cognant contre les falaises.

L'eau est partout : tandis que nous roulons sur cette route rectiligne, elle apparaît dans le lointain, elle brille. De grands lacs tranquilles, légers, couleur de ciel, de longs bras transparents qui s'ouvrent devant nous et se referment après nous. C'est l'eau de nos rêves. Nous croyons voir des échassiers, ou bien des maisons, des silhouettes au bord de ces oasis. Les légendes des Gens des nuages parlent de ces pluies (confirmées par les études géologiques) qui ravagèrent la terre il y a des milliers d'années, alors que l'homme n'était encore qu'une frêle silhouette fugitive dans ce paysage. Des pluies si violentes qu'elles arrachèrent des blocs de montagnes, ouvrirent des vallées, et poussèrent jusqu'à la mer des rochers de silex grands comme des immeubles.

C'est bien de ce paysage que rêvait Jemia. Ce pays qu'elle porte sans doute dans sa mémoire génétique, et qu'elle a cru reconnaître la première fois qu'elle est allée au Nouveau-Mexique, dans la vallée du Rio Grande ou du Rio Puerco, l'immensité aux couleurs de sable et d'ocre, les mesas bleues des Indiens, et le ciel sans limites, semé de nuages mousseux. Maintenant elle le retrouve, elle le prend en elle, elle l'interroge.

À chaque instant, sur cette terre plate, il y a du nouveau. Des plaques d'argile blanche, des coulées de sable blond, rose, gris, des cendres, des barres noires fossiles. Les rochers usés par un vent vieux de milliers d'années. Jemia s'est tue toute cette journée : c'est son pays, le pays le plus ancien, et en même temps le plus jeune, une terre que l'âge des hommes n'a pas marquée.

La Gadda est un passage vers la mémoire, un seuil, un goulet pour entrer dans l'autre monde.

Spiritual element to journey?

40

Time no longer dictates human lives?

⸢Ici, le temps n'est plus le même.⸣ Il faut se dépouiller, se laver pour entrer dans le domaine de la mémoire. Nous faisons ce voyage ensemble, mais, pour Jemia, il s'agit d'un tout autre parcours. Elle n'avance pas seulement sur cette route, vers Smara et la Saguia el Hamra. Elle remonte aussi le courant de l'histoire, de sa propre histoire, afin de trouver la trace de sa famille qui a quitté cette terre pour émigrer vers les pays du Nord, vers les villes.

Nous sommes bien sur la route qu'ils ont parcourue, il y a longtemps. C'est la seule voie d'accès, qui suit le haut plateau jusqu'à la vallée desséchée de l'oued Chebeika, et  vers l'oued Noun. La route du bord de mer était trop longue, trop dangereuse, entre les contrôles de l'armée d'occupation espagnole et les mercenaires Tidrarin, Imragen, toujours prêts aux *ghezzou*, au pillage. C'est la route directe et sûre vers Taroudant où la famille de Jemia avait décidé de se rendre. C'est la route qu'avait empruntée Camille Douls, en 1888, au terme de son aventure, pour rejoindre la ville de Mogador et s'embarquer vers la France. C'est la route qu'a parcourue Michel Vieuchange pour aller à Smara plein d'espoir, et, au retour, son chemin d'agonie, ligoté comme un captif dans un couffin attaché au flanc d'un dromadaire, brûlé par le soleil, glacé par la fièvre. Jusqu'à Ifni, jusqu'à la mort.

Eux, ces Européens poussés par l'orgueil, la curiosité, avaient voulu franchir les limites du possible, franchir les portes de l'enfer pour ramener aux hommes de chez eux quelques images, un carnet, des photos vite voilées par le temps.

Mais les parents de Jemia, qu'est-ce qui les guida sur la route de l'exil ?

Il faut imaginer cette femme, cet homme — les grands-parents de Jemia, puisque sa mère était arrivée très jeune à Taroudant — marchant avec leurs enfants sur cette piste pendant des jours, des mois, brûlés par le soleil, glacés par les nuits, avec juste quelques provisions, un peu d'eau dans une outre, un troupeau de chèvres, un dromadaire peut-être. Pourquoi ont-ils quitté un jour l'abri de leur vallée, le domaine autour du tombeau où régnait la bénédiction de leur ancêtre Sidi Ahmed el Aroussi, pour se jeter vers le Nord si brutal, si effrayant, et s'aventurer dans ce monde civilisé dont ils ne connaissaient rien et dont ils avaient tout à craindre ?

Les chroniqueurs du Sahara occidental, l'Espagnol Caro Baroja, les Anglais Anthony Pazzanita et Tony Hodges (auteurs du *Historical Dictionary of Western Sahara* publié à Londres en 1994), ainsi que les historiens français La Chapelle et Berthier, font mention du drame qui frappa la tribu des Aroussiyine au début de ce siècle, en 1906, lorsque la tribu rivale des Bou Sba en massacra presque tous les hommes dans la région de Tislatin, à l'est de Dakhla. Cette défaite dut marquer le déclin des Aroussiyine dans la Saguia el Hamra : en 1918, une bande de Berbères de l'Anti-Atlas, les Aït Oussa, envahit la zone des cultures d'épandage et s'empara d'un peuple vassal des Aroussiyine, les Ouled Abdelahmed, qui ne retourna plus chez ses anciens maîtres. D'autres tribus vassales profitèrent de la désorganisation qui avait suivi la défaite des Aroussiyine pour reprendre leur liberté et cesser de payer la *horma*, l'impôt sur le lait des chamelles. À la famine et aux épidémies meurtrières s'ajouta alors une nouvelle calamité, l'avancée des Français au Sahara algérien et en Mauritanie. Enfermée dans de nouvelles frontières, soumise à la loi arrogante des colonisateurs espagnols, la tribu cherifa qui avait partagé avec les Reguibat la maîtrise des pistes dans le nord du Sahara, fut réduite à jouer un rôle secondaire pour ne pas mourir d'épuisement.

Ne pouvant plus se rendre jusqu'aux portes de la ville de Marrakech à cause de la présence française, interdits sur les côtes à cause des mercenaires alliés aux Espagnols, et arrêtés au sud de Doumos par la nouvelle frontière mauritanienne, les Aroussiyine, qui avaient fourni autrefois les chameaux, le sel et la laine à une partie de l'Afrique du Nord, furent condamnés à un commerce de survivance qui ne leur assurait plus la maîtrise des terres de la Saguia el Hamra.

Les tribus vassales qui, autrefois, cultivaient l'orge et le blé dans les champs drainés par les acequias sous la protection des guerriers aroussiyine, commencèrent à vendre leur production aux garnisons espagnoles de Villa

Cisneros et de Santa Cruz de Mar Pequeña, et la laine blanche qui avait fait naguère la richesse des bergers de la Saguia el Hamra ne trouva plus acquéreur que par l'entremise des comptoirs espagnols qui l'achetaient à vil prix pour la revendre aux Marocains.

C'est sans doute cette longue crise économique, qui va du massacre de Tislatin jusqu'à l'installation définitive des Français à Tindouf et des Espagnols à Smara, qui a dû pousser la famille de Jemia à émigrer. Ainsi, cette route sur laquelle nous avançons à la vitesse du vent est une route de souffrance et d'exil. Chaque détail du paysage, chaque pierre, chaque contour de l'horizon signifie un arrachement, une peine. Au bout de cette route que cet homme et cette femme ont parcourue à pied, avec tant d'autres migrants poussés par la nécessité, il n'y avait aucune gloire, aucune médaille, aucune reconnaissance. Seulement la solitude, l'exil, l'oubli.

Maintenant, tandis que la jeep roule sans peine sur la route droite de la Gadda, c'est à ce chemin d'exil que nous pensons. Remontant le temps de Taroudant vers Smara, nous nous rapprochons de l'origine de Jemia,

46

cette vallée dont elle a toujours entendu parler et qu'elle croyait inaccessible. Comme si, là-bas, se trouvait la raison du secret qu'elle porte en elle, cette douleur qui les a jetés, elle, sa mère et la mère de sa mère avant elle, dans un monde étranger où il n'y a plus de protection ni de bénédiction, où l'on ne sait rien des miracles et des mirages, rien de la beauté des pays de pierres et de vent, du silence, du désert.

Oui, nous franchissons à la vitesse du vent la porte qui séparait Jemia du monde d'avant sa naissance. Rochers âpres, falaises bleutées, ravins, stries crayeuses, chaos de pierres noires ; ici le ciel se confond avec la terre.

Voyager, voyager, qu'est-ce que cela fait ? Depuis que Vieuchange a ensanglanté ses pieds sur ces pierres, le monde a changé, il s'est bouffi d'orgueil. Partout les routes violent les solitudes, en Amazonie, en Sibérie, à travers les forêts du Grand Nord ou dans les sables du Ténéré.

Mais revenir sur ses pas, comprendre ce qui vous a manqué, ce à quoi vous avez manqué. Retrouver la face ancienne, le regard profond et doux qui attache l'enfant à sa mère, à un

pays, à une vallée. Et comprendre tout ce qui déchire, dans le monde moderne, ce qui condamne et exclut, ce qui souille et spolie : la guerre, la pauvreté, l'exil, vivre dans l'ombre humide d'une soupente, loin de l'éclat du ciel et de la liberté du vent, loin de ceux qu'on a connus, de ses oncles et de ses cousins, loin du tombeau où brille encore le regard de son ancêtre, loin du souffle de la religion, loin de la voix qui appelle à la prière chaque soir, loin du regard du saint qui avait choisi pour les siens cette vallée. Vivre, se battre et mourir en terre étrangère. C'est cela qui est difficile, et digne d'admiration.

Ici, chaque parcelle de terre, chaque ombre, chaque pierre roulée par le vent, chaque silhouette de colline au loin est familière. Chaque instant qui passe est une émotion, raconte une histoire. Non pas une histoire grandiose de conquête et d'exploration, mais l'histoire d'un homme et d'une femme qui fuient leur pays à la recherche d'une autre terre, sans espoir de retour.

Jemia est la première qui revient, après deux générations d'absence. Elle franchit cette porte.

Saguia el Hamra

Si l'on s'attend à une vallée véritable, creusée dans le grès et formant sa courbe magnifique, on risque d'être déçu.

On entre dans la Saguia el Hamra sans s'en rendre compte, comme si on glissait sur un courant d'air.

Depuis la traversée du haut plateau de la Gadda, on perd insensiblement de l'altitude. Le relief est usé, lavé, réduit à quelques ravins, quelques buttes témoins.

Ce qui étonne dans cette vallée, c'est son ampleur. Il n'y a pas de rives visibles, pas de versants. Seulement des ondulations de la terre, des courbes bleutées, vagues comme des nuages. Et tout de suite, les premiers signes de l'eau : des taches sombres, comme une ombre impalpable, un lichen sur les

49

rochers, une végétation rase. Une odeur, peut-être. Enfin, des lignes d'arbres, si lointaines et imprécises qu'on les prendrait bien pour des mirages.

Et soudain, l'eau vraie : la digue formée par la route a retenu le ruissellement de la pluie, et l'eau stagne dans des tranchées, non pas en amont, mais en aval. Y a-t-il une logique dans cette dépression ? C'est un fond de lac, ou un bras de mer asséché par un cataclysme.

La tranchée a été creusée au bulldozer, elle est laide, rectiligne. L'eau est verte, d'un vert tirant sur le jaune. Immobile, boueuse, couveuse pour des millions de moucherons, mais de l'eau tout de même. Elle a quelque chose d'obscène, nue à l'air libre dans cette blessure de la terre, alors que tout, alentour, est admirable de sécheresse.

De l'autre côté de la digue, le lit est tel qu'on l'a laissé : sec, craquelé comme une peau. Sur les côtés du talus s'accrochent des plantes grasses, des épineux.

On avance sur une trace laissée par la mer au temps où l'Afrique était unie au Brésil, où la Méditerranée n'était qu'un mince lac intérieur. Alors l'Océan occupait les neuf

dixièmes de notre planète, et les vagues géantes se fracassaient contre le socle de granite, sur la Gadda, sur la Hamada du Draa. L'évaporation faisait naître des nuages grands comme des continents, des éclairs pulvérisaient les roches. Puis la mer s'est retirée, laissant à nu ces plaines, ces bassins, ces ravins. Et, longtemps après, mais c'était hier à l'aune du temps géologique, il y a dix mille ans, alors que déjà les hommes avaient pris possession de ces vallées et des forêts qui recouvraient l'Afrique, une tempête a éclaté, peut-être la dernière grande purge du ciel avant l'ère chaude.

Le ciel et la terre se sont mêlés dans le déluge, les montagnes de l'Anti-Atlas, les monts du Ouarkziz, le Tiris ont été emportés par l'eau jusqu'à laisser ce passage comme une coulée de boue et de sable au-dessous d'un barrage qui se serait rompu. Et le désert a commencé. Et l'eau qui coule aujourd'hui en secret sous la terre, cette eau qui a été mise à nu par la blessure du bulldozer, près de la route de Smara, est encore l'eau du déluge, la dernière trace de la tempête qui a façonné cette terre.

Autrefois, disent les Gens des nuages, la
Saguia el Hamra, la Rivière Rouge, s'appelait
la Saguia el Khadra, la Rivière Verte. Dans la
relation de son *Périple*, Hannon parle des habitants de cette terre comme des Éthiopiens,
c'est-à-dire des hommes de race noire. Ce
sont eux qui ont laissé sur les rochers les
images de la vie d'avant le désert, quand, du
Hoggar jusqu'au Jbel Tiris, le Sahara était le
lieu des antilopes et des gazelles, des troupeaux de buffles, des vastes étendues de pâ-
turages. Ainsi, celui qui voyage ici traverse
l'un des sites les plus anciens du monde,
le lieu de rencontre des premiers peuples
de la Terre, lorsque les chasseurs-collecteurs
rencontrèrent les Lixites, les premiers nomades, de la civilisation du cheval, et les
Troglodytes, les premiers agriculteurs, qui inventèrent le réseau des acequias, des canaux
d'irrigation. Au fur et à mesure qu'on entre
dans la vallée, après la traversée du haut plateau minéral, cela devient évident : c'est ici,
dans cette dépression, cette séquelle du
Déluge, que tout a commencé, comme dans
la faille du Jourdain, dans le Rift, ou le long
de la vallée du Rio Grande en Amérique du

Nord. C'est ici qu'est née la première histoire de l'humanité, ses croyances, ses structures politiques et familiales, ses inventions techniques.

Les hommes n'appartiennent pas aux hautes montagnes, ni aux rivages de l'Océan, mais aux vallées comme celle-ci, immenses matrices où se recueillent l'eau et les alluvions, où s'enracinent les généalogies et les arbres. Peut-être que, comme disent les légendes, la Saguia el Hamra était, avant le déluge, el Riyad, le Jardin, couvert de prairies et ruisselant de fontaines. Peut-être que Dieu a puni la méchanceté des hommes, leur propension à l'adultère, leur talent pour l'impiété, en déchaînant contre eux les forces des nuages.

Mais les grandes civilisations qui ont éclairé le monde ne sont pas nées au paradis. Elles sont apparues dans les régions les plus inhospitalières de la planète, sous les climats les plus difficiles. Dans les déserts brûlants de l'Irak, en Anatolie, en Judée, en Égypte, au Soudan. Dans les solitudes glacées du Pamir, ou l'âpreté des hauts plateaux du Pérou et de l'Anahuac. Dans l'épaisseur des forêts du Guatemala et du Honduras, du Dahomey, du

Bénin. Ce ne sont donc pas les hommes qui ont inventé ces civilisations. Ce sont plutôt les lieux, comme si, par l'adversité, ils obligeaient ces créatures fragiles et facilement effrayées à construire leurs demeures. La Saguia el Hamra est un des lieux où s'est formée la personne humaine. Elle est une coupure dans le désert, une voie qui unit le feu du désert à l'infini hostile de la mer.

Comme Jemia (mais pour d'autres raisons), il y a très longtemps que JMG attend de pouvoir venir dans cette vallée. Il lui semble en avoir toujours rêvé.

Quand il était enfant, il ne connaissait pas le nom de cette vallée, il ne savait rien de Sidi Ahmed el Aroussi ni du cheikh Ma el Aïnine, mais il savait qu'ils existaient. Il savait qu'il y avait un lieu où tout s'expliquait, où l'histoire prenait sa source.

Peut-être que c'étaient ses lectures, où H. G. Wells se mêlait aux récits de René Caillié ou aux reportages du *Journal des voyages* qu'il feuilletait chez sa grand-mère, dans lesquels il était question de Bornu, de Kano, des Touaregs du haut Niger. Quand il avait treize ans, à la suite d'un voyage au

57

Gens des nuages

Maroc, encore sous protectorat français, il avait écrit une sorte de roman d'aventures dans lequel un cheikh vêtu de blanc, venu du désert, se battait farouchement contre les Français et, vaincu par le nombre, retournait vers le Sud, vers un pays mystérieux où s'étaient regroupés les nomades insoumis.

Ce pays était la Saguia el Hamra, le dernier lieu inaccessible où tant de jeunes Français avaient rêvé d'entrer : Camille Douls, déguisé en Turc, en 1887, griffonnant ses notes sur des papiers qu'il cachait dans les plis de sa jellaba ; puis Michel Vieuchange, en 1930, déguisé en femme, mort pour avoir voulu prendre une photo des murailles ruinées de Smara.

Sans doute l'un des reproches qu'on pourrait faire à notre temps est-il de rendre facile l'accès à ces contrées autrefois interdites aux étrangers. Pourtant, le désert reste le pays le plus difficile, le plus mystérieux, malgré les véhicules tout-terrain et les balises électroniques. C'est que son mystère ne réside pas dans sa nature visible, mais plutôt dans sa magie, dans cet absolu irréductible qui échappe à l'entendement humain.

Dans *Imperio desierto*, le roman de l'Espagnol Ramon Mayrata, l'un des personnages a un mot fort à propos de la ville de Smara qui a été un leurre pour tant de voyageurs européens : le palais du cheikh Ma el Aïnine, sa *zaouya* et sa mosquée ne sont plus aujourd'hui que des « coffres vides ». Le trésor qu'ils contenaient n'y est plus. Le trésor, c'était justement l'esprit du cheikh el Akbar, sa parole, la ferveur des *tlamid* (les disciples), sa bénédiction, son souffle sur la poussière, la force des tribus rebelles, Reguibat, Tekna, Aroussiyine, Ouled Bou Sba, ceux qu'on appelle Ahel Mdafa, le Peuple du fusil. Le trésor s'est éparpillé comme le sable, il est dans l'ombre des ravins, dans les puits, sur les arbustes au creux des dunes. Il est dans la mémoire. Non seulement la mémoire des hommes, mais la mémoire des pierres, la mémoire des plantes, la mémoire du ciel et du vent.

Smara continue à faire rêver malgré tout. La ville a été construite par Ma el Aïnine, à un endroit où il n'y avait rien qu'une steppe épineuse, au confluent de l'oued Selouan et de la Saguia el Hamra, sur un éperon noir qui commandait à toute la vallée.

Ma el Aïnine, souvent présenté par les officiers de l'armée française comme un fanatique criminel, fut en réalité l'un des hommes les plus cultivés de son temps, lettré, astronome et philosophe.

Durant plus de trente ans, sa capitale a été le centre nerveux de l'insurrection que le cheikh avait organisée pour expulser les chrétiens du Maroc et de la Mauritanie. Camille Douls, qui traversa la Saguia en 1887 avec une fraction des Ouled Delim, a rencontré le cheikh sur la route de Tindouf, et après un bref interrogatoire, a reçu de lui l'autorisation de continuer son voyage. À cette époque, le cheikh n'a pas encore fondé Smara, mais il est déjà installé dans la Saguia où il rencontre les délégations des tribus nomades, et tente de les convaincre de former une coalition.

Après sa rencontre avec le sultan Moulay Abdelaziz, Ma el Aïnine construit une *zaouya* à Marrakech, puis regagne le Sahara par la terre, tandis que ses troupes et ses dromadaires s'embarquent à Mogador sur le vapeur *Bechir* pour rallier Marsa-Tarfaya (au nord de Laayoune). Il ne quittera plus la région de la Saguia el Hamra. Le 28 février 1913 — trois ans après la mort du vieux cheikh vaincu — la colonne Mouret, lancée à la poursuite de Laghdaf en représailles du massacre des troupes françaises à Liboïrat, pénètre sans un coup de feu dans Smara abandonnée, le temps d'incendier le palais et la mosquée, puis se replie vers la Mauritanie. Ainsi, depuis sa fondation par Ma el Aïnine en 1890 jusqu'à la prise de possession par les Espagnols en 1930, Smara aura été la cité la plus mystérieuse de l'Afrique désertique.

Aujourd'hui, rien ne subsiste du rêve insurgé de Ma el Aïnine.

Au-dessus de la vallée, la citadelle est en ruine. Elle est flanquée de casernes, de garnisons ; une grande antenne de radio jaillit des anciens remparts. La vaste agglomération de tentes en peau de chameau qu'a entr'aperçue Michel Vieuchange a cédé la place à des constructions précaires en parpaings, coiffées de dômes blancs. Il y a un souk où les commerçants venus des quatre coins du Maroc vendent des tissus, des comestibles. Le palais de la Province domine la ville de ses hauts murs de pierre noire. Il y a des avenues rectilignes, des trottoirs, quelques maigres jardins.

La cité mystique s'est changée en garnison militaire et en centre commerçant. Comme dans toutes les villes militaires, il y a trop de femmes dans les rues, elles sont trop jolies, trop fardées. Peut-être subsiste-t-il quelque chose de ce passé dans la mélancolie qui s'empare du palais en ruine, le soir, quand résonne la voix du muezzin au-dessus du désert.

Quand on descend vers la Saguia el Hamra, en venant de Smara, on ressent une autre émotion, plus forte, une sorte d'exaltation. On oublie le sentiment de fin d'époque qui imprègne les anciens murs de la forteresse de Ma el Aïnine. On entre dans un monde plus ancien et plus neuf à la fois, vierge, comme éternellement jeune. Sur la rive gauche de la Saguia, on est tout de suite dans le désert, jaune, ocre, cendré, jonché de schistes et de silex, dur, hérissé. Un sol sonore, coupé d'éboulis, fracturé, où s'accrochent des touffes de végétaux qui ressemblent à des plantes du fond de la mer.

La Saguia el Hamra est une présence. On ne la voit jamais, on la sent. Elle est sous la terre, elle apparaît par rebonds, comme les anneaux du dragon, surgissements, sources, bras qui courent un instant, puis se tarissent.

On est dans le lit des rivières.

Sur plus de vingt kilomètres de largeur et au long de près de cinq cents kilomètres, l'eau descend, non pas comme un fleuve, mais comme un être multiforme. L'eau est plusieurs, plurielle, comme son nom Saguiet, les acequias, les canaux. Les bras d'eau venus de la grande réserve saharienne resurgissent ici ; ils sont les véritables êtres vivants de cette vallée.

On pourrait parler de microcosme géologique et humain si le mot, justement, n'était pas trop petit.

Cette vallée, dont les sources sont multiples, trace une gorge dans la terre jusqu'à la mer sur près de vingt mille kilomètres carrés. Au contraire des grands fleuves nourriciers de l'Afrique équatoriale, la Saguia el Hamra ne sert pas de trait d'union entre des cultures opposées. Elle est un creuset qui unifie, le lieu de ralliement et de survie des peuples nomades qui, sans elle, n'auraient aucune identité.

C'est le sentiment qui s'empare de nous au

moment d'y entrer. Cette vallée nue comme un fond sous-marin, habitée par une eau invisible, est un monde à part, qui a survécu à tous les troubles et à toutes les révolutions, et jusqu'aux violences absurdes de la guerre moderne. Peut-être justement parce que, n'appartenant qu'à elle-même, elle n'appartient à personne.

Lorsqu'on vient du désert (et de ce désert plus terrible encore qui est celui des villes modernes), on entre ici dans une aire de recueillement, d'énergie.

Comment dire cela autrement ? Comment expliquer que tant de peuples s'y soient succédé, comme dans un lieu d'éternelle naissance ? Après les grands saints du désert, Sidi Ahmed el Aroussi, Sidi Ahmed Reguibi, Sidi Ahmed Babo, Sidi el Hajj Hamar Lhaya des Ouled Cheikh, Sidi Mohammed Embarek, et les « Sept Saints » des Ouled Bou Sba, enterrés aux côtés de Sidi Ahmed el Aroussi, c'est ici que Ma el Aïnine a choisi de fonder sa ville pour résister aux forces des envahisseurs.

La Saguia el Hamra est un lieu de vérité. Bien sûr, il y a l'eau.

« Pour vivre au Sahara, écrit Paul Marty, les

Gens des nuages

Maures se sont heurtés à leur arrivée à deux obstacles : la rareté de l'eau, et la distance. Ils ont surmonté le premier en créant des puits, et le second en utilisant le chameau. »

C'est cette eau qu'on sent partout, qu'on devine quand on est dans la Saguia el Hamra. Une eau réelle, qui dessine les lignes de végétation et qui a laissé ses marques sur les cailloux.

L'eau vient de toutes les fissures, de toutes les fractures, l'oued Senan, l'oued Taoua, le Khan Saccum, l'oued Ratmia, l'oued Aïn Terguet qui vient du Zemmour, l'oued Khneig Ramla, l'oued Lakhchaïbi au bord duquel est bâti le tombeau de Sidi Mohammed Ould Brahim, l'oued Tin, l'oued Mesuar au bord duquel se trouve la tombe de Sidi Mohammed Embarek, le Bou Saccum qui naît dans la Hamada et s'incurve au pied des monts Ouarkziz avant de revenir à la Saguia el Hamra, là où est enterré Sidi Ahmed Babo.

L'eau et les saints sont liés.

Dans cette immense vallée, il y a autant de saints que de puits et de sources.

Aujourd'hui, malgré les temps de guerres et

Gens des nuages

de dérision, celui qui entre dans la vallée est pénétré de cette vérité. L'eau et la religion sont partout. L'on marche sur un extraordinaire réseau artériel qui fait vibrer la surface de la terre.

Il se pourrait que le devenir des hommes, fait d'injustice et de violence, ait moins de réalité que la mémoire des lieux, sculptée par l'eau et par le vent. Alors la Saguia el Hamra est bien la source de l'histoire, pour ainsi dire contemporaine des origines. N'est-ce pas là ce que nous sommes venus chercher : le signe de l'origine ?

Ou encore cette eau du déluge qui a façonné les roches et creusé les ravins, noyant les anciennes forêts et les prairies fertiles. Et les seuls survivants du cataclysme, les hommes du Tassili, grands, noirs, semblables aux Nuer et aux Dinka du Haut-Nil, qui ont laissé leurs gravures et l'empreinte de leurs mains sur les parois des cavernes.

Dans la vallée sont arrivés les premiers peuples nomades, Berbères Lemtas, Teknas venus du Nord, guerriers et paysans, qui s'emparèrent des grottes et semèrent l'orge et le blé il y a deux mille ans. Puis, au XIe siècle, les Sanhajas venus du Sud, guerriers montés sur leurs dromadaires, poussant devant eux des troupeaux, des captifs, à la recherche de nouvelles terres pour faire paître leurs bêtes, traçant les premières routes qui joignaient les rives du fleuve Sénégal aux montagnes de l'Atlas. Le long de leur route, ils trouvèrent la grande vallée de la Saguia, et c'est là qu'ils inventèrent leurs épopées, leur musique, leur poésie.

En 1218, c'est l'arrivée des Beni Hassan, le peuple arabe Maqil, venu du Yémen après avoir traversé le désert par le nord, et qui apportait avec lui la parole de l'islam. Ils fondèrent leurs trois villes saintes : à Marrakech, à Oualata, et la troisième, qui devint le centre du cheikh Karidenna au XVIIᵉ siècle, peut-être à l'entrée de la Saguia, à l'endroit même où Ma el Aïnine construira Smara deux cents ans plus tard.

L'histoire de la Saguia el Hamra, c'est aussi l'insurrection des gens du désert contre les Arabes, puis contre les chrétiens venus d'Espagne. Y a-t-il eu vraiment, comme certains historiens l'ont affirmé, une révolte maraboutique dont la Saguia aurait été le centre ?

Les envahisseurs arabes du XIIIᵉ siècle, mieux armés et aguerris, eurent sans doute assez facilement raison des tribus sahariennes qui pratiquaient surtout les *ghezzou*. Mais, là comme ailleurs, le nombre des vaincus dépassait largement celui des vainqueurs, et l'assimilation de ceux-ci était inévitable, d'autant plus que l'islamisation des tribus nomades était acquise depuis cinq cents ans, depuis la première mission d'Oqba ben Nafi, compagnon du Prophète et premier imam d'Al Moghrab.

Ce sont les structures politiques des tribus qui prévalurent sur la loi des Maqil. Les Beni Hassan durent bientôt adopter les règles et les usages du Sahara, le système des castes, le vasselage, le prélèvement d'un impôt rituel, l'assemblée dirigeante de la *jmaa* et le mode de vie des nomades, tout en leur donnant en échange leur langue, le hassaniya, le goût des lettres et de l'étude de la religion, et l'indispensable généalogie qui rattachait les tribus chorfa à la fille aînée du Prophète.

L'assimilation des Arabes était nécessaire, et la Saguia el Hamra en fut sans doute l'un des creusets, parce qu'elle était le point de ralliement des pasteurs nomades venus du Sud et des montagnes de l'Atlas.

Les derniers combats entre les Berbères et les Arabes Maqil eurent lieu au XVIIe siècle, dans le Tiznik, près de Bir Anzarane, et particulièrement à Oum Abana, en 1694, où les Arabes furent vaincus par les Reguibat. La société cherifa du désert, vivant du pillage et des escarmouches, ne pouvait accepter la paix et les lois du Croissant. La seule réussite des Arabes fut de donner une cohérence mystique à des peuples entre lesquels le fabuleux était l'unique ciment.

Ainsi, on revient toujours à la vallée immense et nourricière de l'origine. Ici, les vagues des peuples se sont succédé, depuis les premiers chasseurs préhistoriques jusqu'aux Arabes venus d'Asie qui apportèrent avec eux les connaissances scientifiques, le goût de la poésie, de la musique, et l'extrême clarté de la pensée soufi. C'est ici, dans cette vallée aux dimensions du monde, suspendue entre les terres fertiles du Nord et l'immensité du désert, bordée par la sauvagerie de l'océan, dans cet étrange réseau de *grair*, d'acequias, canalisé, creusé de puits, sans doute l'une des plus extraordinaires

72

réalisations de la culture hydraulique, que s'est formée la civilisation du désert.

C'est une impression étrange que nous ressentons à mesure que la jeep remonte le lit de la vallée, dans la direction du tombeau de Sidi Ahmed el Aroussi. Peut-être la même impression que nous avons ressentie, il y a vingt ans, quand nous sommes arrivés dans la vallée du Rio Grande, au Nouveau-Mexique, entre Albuquerque et Española, cette faille qui coupe la terre, écarte les deux versants du plateau autrefois recouvert par l'océan, mettant à nu le fond parcouru par les animaux d'une autre ère. Le territoire des Indiens Pueblos, où ils ont inventé l'agriculture, les mythes et le calendrier, et où ils vivent encore, malgré les turbulences de la société nord-américaine.

Ou bien Chaco Canyon, figé dans le silence, où brille toujours sur les vieux murs de pierre la lumière de la civilisation des Anasazi comme un exemple de la perfection que peut atteindre la race humaine.

La civilisation qui brillait sur la Saguia el Hamra à la fin du XVe siècle avait la même force. Alors Sidi Ahmed el Aroussi prêchait aux peuples du désert sans autre soutien que sa foi, sans autre ornement que la terre fauve et les roches qui l'entouraient, sans autre évidence que cette immensité, et sans autre preuve que sa solitude.

Autour de lui, les nomades Sanhaja inventaient la perfection qui est restée la leur aujourd'hui, cet équilibre entre le sacré et le profane, entre la parole divine et la justice humaine. Et l'amour de l'eau et de l'espace, le goût du mouvement, le culte de l'amitié, l'honneur et la générosité. N'ayant pour seuls biens que leurs troupeaux.

En franchissant la Gadda, nous avons aperçu les premières tentes, nous avons croisé les troupeaux de dromadaires le long de la route. Ni Smara, ni Laayoune, villes modernes, n'ont besoin de ces animaux (on les imagine difficilement au milieu des rues encombrées d'autos). Mais, ici, dans la vallée, on est à nouveau sur la terre des chameaux, dans une autre dimension.

Depuis le commencement de ce voyage, il nous est devenu évident que nous progressions vers cette dimension nouvelle. Ici, dans la Saguia el Hamra, le passé n'est pas le passé, il se mêle au présent comme une image se surimpose à une autre. Comme sur un visage on peut voir les traits de ceux qui l'ont engendré, ou comme à travers les mots d'un mythe peut apparaître la vérité.

Tout d'un coup, au bout d'une longue plate-forme de pierres et de broussailles, apparaît le tombeau de Sidi Ahmed el Aroussi et, tout autour, un village de cubes blancs, mêlé aux gommiers, aux buissons d'épines. Au bout d'un muret de pierres sèches, au bord du vide, nous avons vu les créneaux verts du tombeau. Nous avons pensé à la parole d'Ibn el Jalal qui assignait à l'homme, comme sa plus haute tâche, la perception dans cette vie d'une « vérité sans forme ».

Le Tombeau

Je ne suis ni de l'est ni de l'ouest,
ni de la mer ni de la terre,
je ne suis ni matériel ni éthéré,
ni composé d'éléments.
Je n'existe pas
je ne suis une part de ce monde ni d'un autre
je ne descends ni d'Adam ni d'Ève
ni d'aucune origine.
Ma place n'a pas de place, une
trace de ce qui n'a pas de trace
ni corps, ni âme.
J'appartiens au bien-aimé
j'ai vu les deux mondes réunis en un seul
le premier, le dernier, celui du dehors
celui du dedans, simples
comme le souffle d'un homme qui respire.

RUMI, *Mathnawi*, livre premier.

Avant le tombeau, il y a un grand cercle de
pierres dessiné sur le sol, enfermant une aire
soigneusement nettoyée. C'est là que Sidi
Ahmed el Aroussi avait coutume de planter sa
tente. Alentour, c'est l'immensité de la vallée,
des collines de pierres, des arbres, d'autres
ravins, des bancs de sable à perte de vue.

Le village n'a plus rien d'un camp nomade. Il n'y a ni tentes ni chameaux. Rien non plus de la joliesse des villages chleuhs de l'Atlas avec leurs murs de pisé rouges et leurs champs de blé comme des jardins anglais.

Ici c'est vide, âpre, d'un blanc qui écorche. Quelques maisons en pisé, chaulées, d'autres en parpaings de ciment. Des toits de tôle. Le dénuement, l'austérité serrent la gorge plus encore que la sécheresse. Puis la vie apparaît : des enfants sveltes, aux yeux et aux dents qui étincellent dans leurs visages de cuivre sombre. Des silhouettes de femmes enveloppées dans leurs voiles bleu indigo. Au fond du ravin, contre le tombeau, un troupeau de chèvres noires broute des ordures. Si c'est un campement, on dirait plutôt un village d'Indiens Navahos en Arizona, du côté du canyon de Chelly.

Nous sommes entrés dans le tombeau. Nous avons poussé la porte de la grille qui l'entoure et sommes entrés. L'intérieur est une pièce sans toit aux murs crénelés, carrelés de vert amande. Le haut des murs est badigeonné à la chaux.

Dans le tombeau, nous avons ressenti tout de

suite une émotion. Ici, dans l'étroit périmètre des murs, il y a huit pierres debout sur le sol de terre battue, et la forme de huit corps dessinée par des murets de pierres plates fichées dans le sable, comme des sarcophages ouverts. La tombe de Ma el Aïnine à Tiznit ressemble à cette tombe, mais comme un objet moderne peut ressembler à un objet très ancien. À Tiznit, la stèle de Ma el Aïnine est une grande pierre rectangulaire, polie, gravée de signes calligraphiés. La sépulture est recouverte de tapis, de draperies. Dans la pénombre, la tombe du vieux cheikh rebelle ressemble à celle d'un prince.

La tombe de Sidi Ahmed el Aroussi, et les sept autres tombes qui l'entourent, ont surgi du fond du temps, et les quatre murs qui les enferment semblent garder la terre d'il y a un demi-millénaire, intacte et lointaine comme un morceau d'une planète étrangère.

Il y a un air de recueillement, de gravité, qui vous enveloppe et vous donne froid. Comme à Tiznit, nous sommes dans un lieu chargé d'une force mystérieuse, un lieu de silence, et pourtant chargé de vie, où l'on perçoit un autre langage.

Ce sont les pierres.

Les stèles sombres, d'un brun foncé tacheté de noir, aiguës, aux bords tranchants, sont enfoncées dans la terre, un peu de biais comme si le vent avait soufflé sur elles pendant des siècles, ou comme si les mouvements de la Terre les avaient serrées dans leur étau.

Ce sont elles qui parlent, ici, dans l'enceinte du tombeau. Elles règnent.

Chacune figure un homme.

Au centre, la plus haute pierre, une gigantesque hache de grès noir, usée, sur la face de laquelle est gravée une écriture fine et penchée qui répète le *dhikr* du saint, sa prière. La sépulture est longue et étroite, comme lui-même l'était sans doute, un homme de haute stature amaigri par le jeûne. Sur le muret est posé un tapis de prière qui ne peut pas être le sien : trop récent, trop voyant, orné d'arabesques bleues et rouges, il fait un creux au centre de la tombe. Les rebords de la sépulture sont en pisé, irréguliers, érodés par la pluie et le vent.

À la droite de la tombe, vers les pieds, il y a une peau de mouton pour permettre aux pèlerins de s'agenouiller.

81

Autour de Sidi Ahmed, sont enterrés les
Sept Ouled Bou Sba, alliés des Aroussiyine.
Toutes les tombes, sauf une, sont orientées
vers La Mecque.

Au-dessus des tombes, le ciel est d'un bleu
intense. Le mur crénelé découpe une échelle
très blanche. Le soleil éclaire les tombes, fait
glisser lentement l'ombre des stèles au fil des
heures. La nuit, la lumière des étoiles doit
baigner l'intérieur du tombeau, apaiser la
brûlure.

C'est de la lumière du jour et des étoiles que
vient la force qui se dégage ici. Les morts ne
sont pas oubliés du monde. Ils sont proches,
le temps passe sur eux, l'eau de la pluie, le
sable. Ils sentent la chaleur du soleil.

Les murs ne les retiennent pas. Ils sont of-
ferts au ciel, aux nuages, à la nuit. Ils voient,
ils respirent, ils sont encore présents dans la
vie si longue, si dure.

Non loin du tombeau, il y a le village de Sidi
Ahmed el Aroussi. La vie ordinaire, au jour
le jour. Les maisons sont un peu en retrait,
sur la pente pierreuse, au bout d'une plage.
Quelques maisons de boue, pareilles aux maisons des Indiens Pueblos d'Acoma, de Zuni,

de Zia. Maisons sans fenêtres, fermées sur elles-mêmes. Il y en a dix, douze. Il y en a peut-être d'autres, plus loin, cachées par les ondulations du plateau de pierres. Le tombeau est à l'avant du village, la forteresse la plus au nord sur la route des Aroussiyine. À mille kilomètres au sud, au pied du Jbel Tiznik, le puits de Hassi Doumos marque l'autre bout de leur route. C'est ici, à côté du tombeau, que les nomades livrèrent leur combat contre les Arabes Maqil, aidés par les Sebaatou Rijal, les Sept Hommes, les Bou Sba enterrés aux côtés du saint. Ce raccourci de l'histoire nous donne le vertige, nous éblouit.

Le ciel est trop vaste, la terre n'est qu'un passage.

C'est en sortant du tombeau que nous avons rencontré Sid Brahim Salem, le cousin de Jemia. C'est bien ainsi qu'on peut imaginer Sidi Ahmed el Aroussi. Un homme d'une cinquantaine d'années, grand (plus d'un mètre quatre-vingts), mince, large d'épaules, de longues mains et de grands pieds, le visage sombre, coiffé d'un grand turban blanc. Il a l'élégance d'un cavalier d'autrefois, très droit,

83

mais il marche difficilement, en boitant de la jambe droite. C'est son visage qui fait penser aux légendes des hommes du désert : un profil aigu, la barbe taillée en pointe, et surtout ses yeux qui brillent avec force, avec attention. Après un échange de présentations, il nous accueille chaleureusement. Il est de la tribu aroussi, de la branche des Ouled Khalifa, comme Jemia. Il est le cheikh qui a la garde du tombeau pendant que le reste des hommes est descendu vers le Sud, avec les bêtes, à la recherche des nuages. Sid Brahim Salem nous conduit jusqu'à l'école coranique, au bout de la plate-forme caillouteuse séparée du tombeau par un ravin. Les enfants sont accourus, mus par la curiosité. Quelques adultes nous regardent de loin.

Koranic
(Islam)

L'école est faite d'une grande salle aux murs clairs, peints à la chaux. Sur la terre battue il y a de bons tapis, et des coussins confortables contre les murs. Autour du cheikh, d'autres membres de la tribu se sont assis : un descendant des Bou Mehdi, un jeune homme, neveu de Sid Brahim Salem, et un homme très noir, descendant des Bou Madyan. Près de la

porte, le Maure qui nous sert de guide s'oc-
cupe du thé. Au Sahara, l'eau est précieuse,
et sur le plateau les verres préparés sont pe-
tits comme des godets. Le thé est concentré,
sans menthe, âcre et épais tel un sirop. Le
guide verse dans son verre, goûte, remet à in-
fuser. Le bruit du thé qui coule dans les
verres est déjà un plaisir extrême dans ce
pays desséché. Camille Douls a-t-il goûté ce
bruit, à chaque étape, quand il était à bout de
forces, épuisé par les marches ? Peut-être a-
t-il passé la nuit ici, sous une tente, non loin
du tombeau de Sidi Ahmed el Aroussi ? JMG
tente de parler avec Sid Brahim Salem, mais
la barrière de la langue rend la conversation
difficile. Pour Jemia, la langue hassaniya est
facile à comprendre, c'est la langue que sa
mère lui parlait dans son enfance pour l'habi-
tuer à ses sonorités si différentes de l'arabe
dialectal en usage au Maroc. C'est de Sidi
Ahmed que JMG veut entendre parler, de sa
vie, de ce qu'il disait, de ses écrits, de ses miracles. Comment il a grandi à Fez, à Meknès.
Son éducation, son enfance. Sa foi était sur-
prenante. Son maître, Rahman Bou Dali, li-
sait un jour devant la classe la sourate du

« Tremblement de terre » : « Lorsque la terre
tremblera de son tremblement », et s'arrêta
sur ces deux versets :

Celui qui aura fait le poids d'un atome de bien, le verra.
Celui qui aura fait un atome de mal, le verra aussi.

Alors le jeune Sidi Ahmed se leva et s'en alla.
Le maître resta un long moment en silence,
regardant le sol comme quelqu'un qui mé-
dite. Les autres enfants lui demandèrent :
« Maître, pourquoi notre compagnon est-il
parti ? Ne devez-vous pas le réprimander ? »
Et le maître de répondre : « Quiconque in-
quiétera cet enfant sera la proie des flammes,
car il est un saint. »
C'est le bruit de la légende qui remplit cette
chambre où nous sommes assis.
Dehors, le soleil décline, le ciel se voile de
nuages. Les enfants courent entre les maisons, on entend les appels des troupeaux.
Quand Sidi Ahmed eut atteint l'âge
d'homme, sa réputation s'était étendue partout autour de lui, et le bey de Tunis en
conçut de la jalousie. Il décida de faire périr
ce jeune homme qui lui faisait de l'ombre. On

raconte que Sidi Ahmed avait recueilli dans sa maison une jeune fille que le roi convoitait et voulait faire enlever. Le roi fit préparer une fosse profonde, qu'il remplit de braises ardentes, et Sidi Ahmed devait être jeté dans la fosse lorsque, du fond de sa prison, sa voix récita les vers d'un poème profane qui prirent alors une résonance prophétique :

Ô toi, Roi, qui sièges entre la Loi et le Juge
et qui ajoutes pierre sur pierre pour construire cette fosse,
cette pierre que tu tiens ne sera pas posée sur l'autre
avant que Dieu ne m'ait ouvert ses portes !

À cet instant, un Génie (certains disent que c'était Rahman Bou Dali, son maître), l'enleva dans les airs en le saisissant par sa ceinture de cuir tressé, et l'emporta au-dessus du désert jusqu'à la Saguia el Hamra. On raconte que la ceinture de Sidi Ahmed el Aroussi cassa et qu'il tomba dans cette vallée, sur un rocher appelé Tbeïla, où l'on voit encore les marques de ses pieds et de ses mains. C'est à cet endroit que le saint décida de rester, qu'il convertit à sa foi les peuples du désert et fonda la tribu des Aroussiyine.

La mère de Jemia nous racontait cette histoire et parlait des miracles de son ancêtre. Elle en parlait comme si c'était une réalité et non pas une légende. Elle racontait aussi l'histoire de la cruche brisée, si simple et si belle.

Un jour, sur son chemin, Sidi Ahmed rencontra une femme qui pleurait à côté du puits. Quand il lui demanda la raison de son chagrin, la femme lui montra sa cruche cassée par terre : « Comment vais-je rapporter de l'eau chez moi ? » Sidi Ahmed lui dit : « Ne pleure pas, puise de l'eau avec ta cruche, et retourne chez toi. » La femme était étonnée, mais elle fit ce que lui disait le saint, et quand elle eut rempli sa cruche, elle vit que l'eau y restait, malgré la cassure, sans qu'aucune goutte s'en échappât.

Un autre jour, Sidi Ahmed rencontra un homme qui se désolait à côté de sa chamelle couchée sur le sol. À Sidi Ahmed il se plaignit : « Ma chamelle est très malade, hélas, elle va mourir. Que vais-je devenir, moi qui n'ai que cet animal pour toute richesse ? » Sidi Ahmed toucha la chamelle qui se releva sur l'instant, guérie.

Sid Brahim Salem approuve ces deux histoires.

JMG aime à les entendre, parce qu'elles parlent de miracles qui ont eu lieu dans la vie quotidienne, comme ceux que faisait Jésus quand il transformait l'eau en vin, ou qu'il guérissait un aveugle.

Dans la fraîcheur de l'école, allongés sur le tapis et les coussins, nous écoutons le bruit du thé qui coule dans les verres, nous regardons la silhouette de Sid Brahim Salem assis en tailleur près de la porte, un peu à l'écart, comme doit le faire un hôte. Et nous sentons la présence de Sidi Ahmed el Aroussi comme s'il était encore là, présent au milieu de nous. Sid Brahim Salem raconte un miracle dont il a été témoin.

Dans son enfance, du temps de l'occupation du Sahara par les Espagnols, un soldat est arrivé jusqu'au village. Mécontent du mauvais accueil, ou peut-être ivre, il a sorti son revolver et l'a déchargé contre le mur du tombeau. Le jour même, l'Espagnol est tombé malade. Sa figure fut déchirée par une crampe que rien ne pouvait soulager. (À ce moment du récit, Sid Brahim Salem mime la contorsion du soldat.) Puis l'Espagnol retourna chez lui en Espagne, et, durant des années, alla de médecin en médecin pour tenter en vain de guérir de ce mal.

Les Aroussiyine avaient oublié cet incident lorsque, un beau jour, ils virent revenir le soldat. La tête courbée comme un pénitent, il s'agenouilla devant le tombeau et implora la grâce de Sidi Ahmed. À l'instant, la crampe se dénoua, et il fut guéri.

C'est Sid Brahim Salem qui a parlé de la route que Sidi Ahmed el Aroussi faisait avec son peuple, à la poursuite de la pluie, jusqu'aux puits de Bir Anzarane et de Doumos, au sud-est de Dakhla, de l'autre côté des monts Tiznik.

Dans une litanie, il récite les noms des tribus alliées, les Ahel Jmal, le Peuple des chameaux, les Ahel Mouzna, les Gens des nuages, tous ceux qui, jadis, parcouraient librement le désert depuis Tombouctou jusqu'à Tindouf :

Aït ba Amrane
  Ahel Barik Allah
   Reguibat Sahel
    Tekna
     Ouled Delim
      Ouled Tidrarin
       Ahel Cheikh Ma el Aïnine
        Zarguiyine
         Aït Moussa ou Ali
          Aït Lahcen
           Ouled Bou Sba
            Ahel Mohammed Salem
             Azouafit
              Sbouya
               Aït Brahim
                Yaggout
                 Souad
                  Bohiat
                   Ouled Taleb
                    Lammiar

Que sont-ils devenus ?

.

Gens des nuages

Entrer dans la maison blanche, dans la longue chambre fraîche pleine d'ombre, où l'on a répandu des parfums, s'asseoir sur le tapis, appuyé sur un coussin, aux côtés de ces hommes d'un autre âge, d'un autre monde… Il nous semble percevoir légèrement le réseau de relations et d'alliances qui fait la force de ce peuple, en dépit des guerres, de la famine et de la sécheresse.

Ils parlent, ils boivent le thé amer, tandis que Cheikh Sid Brahim Salem reste un peu à l'écart et ne boit pas. C'est ainsi que vivait Sidi Ahmed il y a cinq cents ans, sous la tente. Chaque jour commençait une nouvelle marche avec les troupeaux, le long de ces vallées vastes comme le continent, sur ces routes qu'on ne devait jamais cesser de parcourir, au long desquelles s'inscrivaient les événements de la vie et de l'histoire, naissances, mariages, fêtes, combats, morts.

Au-dehors, le jour décline encore. Une paix très douce s'étend sur la Saguia el Hamra, pénètre dans la maison. Dehors, les cris d'enfants se font plus stridents. Au fond de la ravine qui longe le tombeau, les chèvres hirsutes appellent.

Ces gens vivent de très peu. Quand on vient, comme nous, d'un pays de nantis où l'eau est abondante, où ne manquent ni les fruits ni les légumes, où les enfants sont habillés de neuf, ont des cahiers de classe, des crayons à bille de toutes les couleurs, des jouets, des postes de télé. Quand on vient d'un pays où il y a un médecin pour cinq cents habitants, des vaccins, des hôpitaux, où plus aucun enfant ne meurt de la coqueluche, du faux croup, de la rougeole. Un pays où l'avenir brille comme l'eau neuve des robinets chromés. Où ni la faim ni la dysenterie ne gonflent les ventres, ne dessèchent les cheveux. Cela donne à penser.

Le Sahara, ce n'est pas seulement la beauté des crépuscules, l'ondulation sensuelle des dunes, les caravanes des mirages. C'est aussi un pays dont le niveau de vie est l'un des plus bas du monde, où la mortalité infantile est la plus élevée (trente-cinq pour cent, contre moins d'un pour mille dans les pays industrialisés). Où l'eau des puits est amère ; où l'on se délecte de l'eau, plus douce, de la pluie.

Vivre au désert, ce n'est pas seulement

devenir semblable à un monde dur, hostile, impitoyable. Cela, c'est la légende de l'homme bleu, guerrier indomptable, capable de survivre sur une terre où la chaleur dépasse cinquante degrés, où le taux d'hygrométrie est voisin de celui de la Lune. Capable de reconnaître son chemin sans repères, en regardant le ciel et les étoiles, capable de distinguer un caillou à des distances vertigineuses. Un homme courageux, généreux et cruel comme le monde qu'il habite.

Vivre au désert, c'est aussi être sobre, apprendre à supporter la brûlure du soleil, à porter sa soif tout un jour, à survivre sans se plaindre aux fièvres et aux dysenteries, apprendre à attendre, à manger après les autres, quand il ne reste plus sur l'os du mouton qu'un tendon et un bout de peau. Apprendre à vaincre sa peur, sa douleur, son égoïsme.

C'est découvrir un jour, au hasard d'une excursion à Smara, à Laayoune ou à Agadir, qu'on est différent, comme d'une autre espèce.

Mais c'est aussi apprendre la vie dans un des endroits les plus beaux et les plus intenses du monde, vaste comme la mer ou comme la banquise.

Un lieu où rien ne vous retient, où tout est nouveau chaque jour, comme l'aurore qui illumine les schistes, comme la chaleur qui brûle dès le matin jusqu'à la dernière seconde de jour. Un lieu où rien ne différencie la vie de la mort, parce qu'il suffit d'un écart, d'une inattention, ou simplement d'un accès de folie du vent surchauffé sur les pierres pour que la terre vous abandonne, vous recouvre, vous prenne dans son néant.

Entourés d'enfants comme le maître soufi Al Majnoun, nous marchons jusqu'au bord du ravin où se trouve le tombeau. Dans l'ombre, les chèvres noires sont encore là. Les enfants apportent à JMG leurs trésors pour qu'il les échange contre un peu de monnaie qui leur servira à acheter des bonbons, un Coca, un jouet en plastique.

Ce qu'ils donnent est vraiment ce qu'ils ont de plus précieux : des nodules d'un cristal de roche, blanc comme de la neige, des silex usés par le vent, des fossiles d'ammonites cassés. Sur la route de Sidi Ahmed el Aroussi, Jemia a repéré un tas de fossiles éparpillés sur la terre comme les restes de repas d'un gigantesque animal anté-diluvien.

Mais ce sont les yeux des enfants qui sont les vrais trésors du désert. Des yeux brillants, clairs comme l'ambre, ou couleur d'anthracite dans des visages de cuivre sombre. Éclatants aussi leurs sourires, avec ces incisives hautes, une denture capable de déchirer la chair co-riace accrochée aux os des vieilles chèvres.

Athman, Hassan, El Basha, enfants du désert, héritiers d'un temps très lointain, et qui ont reçu la charge de vivre ici, dans cette vallée où l'on n'est riche de rien d'autre que du temps et du désert.

Nous pensons à nos filles, qui sont elles aussi héritières pour une part de ce lieu. Peut-on retrouver un pays qu'on ne connaît pas, et, si on le peut, y trouve-t-on autre chose qu'une image ?

Les parents, les grands-parents de Jemia ont quitté la Saguia el Hamra, ils sont par-tis pour les plaines fertiles du Nord, vers Taroudant, Marrakech, puis vers les grandes villes où ils trouvaient de l'eau, du travail, des magasins. Ils sont partis sans espoir de retour, une colline de pierres a caché d'un coup à leurs yeux le cube blanc du tombeau, les tentes, les troupeaux, a étouffé les cris des enfants, l'appel à la prière, les voix des femmes. Ils ont marché sans se retourner, pour ne pas perdre courage.

Puis ils ont disparu.

Comme l'ancêtre de JMG, François, qui a laissé un jour l'estuaire du Blavet, le port de Lorient, pour tenter l'aventure à bord du brick *Le Courrier des Indes* en partance vers l'île de France, pour ne jamais revenir.

Et quel hasard extraordinaire il a fallu pour que les descendants de deux lignées aussi dissemblables se rencontrent et s'unissent, et, qu'un jour, après avoir longtemps hésité, se retrouvent dans la vallée desséchée de la Saguia el Hamra, au bord de ce ravin, auprès de ce tombeau !

Pour les enfants qui jouent autour de lui, JMG n'est qu'un étranger de passage (pas même un touriste, ce mot ici ne signifie rien). Une sorte de fantôme blanc que la lumière du soleil écorche, que les rafales du vent font tituber.

Et pourtant, grâce à Jemia, il appartient tout

de même un peu à ce lieu, à ces gens. Non comme un parent ou un allié — quel soutien peut-il leur procurer, lui qui est entièrement dépendant du monde industriel, avec ses autos et ses avions, ses réserves d'or et son réseau d'ondes hertziennes ? — mais comme une sorte d'*outcast* lunaire, même pas un *maalem* (artisan), même pas un *hartani* (affranchi). Un reflet fragile de ce que l'espèce humaine a de commun avec eux, de commun mais de fugitif, d'inquiétant et de dérisoire. Un signe dans lequel ils peuvent lire l'incertitude du futur.

La maison de Bouha, la femme de Sid Brahim Salem, est construite à l'entrée du village, sur la piste qui vient de Smara. Dans la maison il y a son neveu, un jeune homme qui travaille du côté de Laayoune.

Les femmes sont très belles. Pour accueillir Jemia, elles se sont habillées de leurs longues robes en mousseline de toutes les couleurs. Bouha est drapée dans un tissu léger, rayé rouge et noir.

Sa maison est prospère. Les murs ont été chaulés de neuf, et l'intérieur de la grande salle où elle reçoit est peint en rose pâle et en vert. Sur le sol, les tapis aussi sont neufs, épais, ornés de motifs géométriques rouges et noirs.

C'est la même simplicité qu'à l'école coranique. Il n'y a pas de meubles — juste des coussins contre les murs, le plateau portant la théière anglaise en inox et les verres minuscules.

Il règne dans la maison une atmosphère de cordialité, une paix qui valent mieux que tout confort. La maison est sans fenêtres et, comme les autres demeures, tourne le dos au vent d'ouest. La porte est masquée par un rideau de toile rouge. Le pasillo qui sépare les deux ailes de la maison est cimenté, avec une rigole en son milieu. Tout est ouvert sur le désert. Quand le vent souffle plus fort, il doit siffler dans cette cour, déranger les voiles des femmes, jeter du sable aux yeux des enfants. La grande chambre où sont les femmes est fraîche et douce.

La plupart des hommes du village sont au loin. Ils travaillent ailleurs, à Smara, à Laayoune, à Dakhla. Ou bien ils accompagnent les troupeaux vers le Sud, jusqu'à

[annotation manuscrite: Material things not missed in such a peaceful environment]

101

Doumos. Alors ce sont les femmes qui gardent le village, qui s'occupent des enfants, qui cultivent les jardins, qui enferment les bêtes le soir.

Les femmes du Sahara sont libres, indépendantes. Elles ne portent pas le voile, elles ramènent juste un pan de leur robe sur leur visage pour traverser un espace où souffle le vent, comme font les femmes du Mexique. Leurs vêtements sont la grâce et l'élégance mêmes. Drapées dans des saris (les tissus de voile multicolores sont importés directement de Bombay), elles sont à la fois impériales et nonchalantes, elles luisent comme des oiseaux dans l'âpreté du désert.

Peut-être que ce sont elles qui font vivre le désert. Sans elles, le vent aurait tout balayé, aurait enseveli les puits et brûlé les plantations, aurait recouvert les traces et effrayé les bêtes. Sans elles, les hommes auraient été effacés par le sable, et la vallée ne serait plus qu'un chaudron sous le ciel dur.

Les premiers intrus européens (Camille Douls au siècle dernier, puis les Espagnols Caro Baroja, Manuel Mulero Clemente) furent étonnés par ce mélange de dureté et de charme. Douls, en particulier, raconte que la résistance des femmes sahraouies était telle, lors des voyages, qu'elles pouvaient accoucher au bord du chemin, se relever, puis reprendre la route sans ralentir la caravane.

Dans les oasis, à Bir Anzarane, à Doumos, elles animaient les fêtes par leurs chants et leurs danses. Capables de cruauté, ce sont elles qui humilièrent le plus férocement Camille Douls, au début de sa captivité, le réduisant en esclavage, le traitant comme un chien. Mais, lorsqu'il fut accepté par les hommes, c'est auprès de l'une d'elles que le jeune aventurier trouva réconfort, au point qu'elle voulut l'épouser — et qu'il dut s'enfuir sous le prétexte d'aller chercher en Turquie le montant de la dot.

L'âme du désert, ce n'est pas le guerrier armé de sa carabine et montant le chameau (ou maniant la Kalachnikov à bord d'un tout-terrain). C'est cette femme qui garde les lieux, entretient le feu, écarte la terre de ses doigts pour ouvrir le secret de l'eau. La courbe de son corps aux longs voiles qui ondoient épouse le paysage le plus ancien du monde. La lumière du désert brille dans le blanc de ses yeux,

103

l'éclat de ses bijoux, l'ivoire de ses dents. Sa voix et son rire sont la musique de ce pays de silence. La lueur bleue des haïks se mêle au cuivre de sa peau à la manière d'un bronze ancien.

Les femmes du Sahara donnent tout. Elles transmettent aux enfants la leçon du désert, qui n'admet pas l'irrespect ni l'anarchie ; mais la fidélité au lieu, la magie, les prières, les soins, l'endurance, l'échange. Lorsque la civilisation du désert existait encore dans toute sa force (il n'y a pas longtemps, au début de ce siècle), les grandes oasis brillaient du même feu, de la même foi : Tombouctou, Oualata, Atar, Chinguetti. Alors se réunissaient les caravaniers avec leurs chargements de sel, de vivres, d'armes, et leur escorte d'esclaves. Au centre des camps montait la musique, vibraient les paroles épiques, les contes, les chants amoureux.

Mais c'étaient elles qui animaient les guerriers. C'étaient elles qui étaient au centre des légendes. Leurs voix, le tintement de leurs bracelets rythmaient les chants. Leurs parfums enivraient les voyageurs. Dans les flammes,

104

c'étaient les femmes qu'ils voyaient, leurs robes chatoyantes, les gestes de leurs mains, l'ondulation de leurs hanches. Les hommes étaient semblables aux pierres : coupants, usés, brûlés, le regard mince comme le fil de leurs poignards. Mais les femmes du Sahara avaient la douceur des dunes, la couleur des grès érodés par le vent, vagues de la mer, mouvantes collines, et le don de l'eau qu'elles savaient par cœur et gardaient pour leurs enfants.

Devant la maison, nous avons vu la plus jeune fille de Bouha et nous avons pensé à la femme que Sidi Ahmed el Aroussi avait rencontrée, pleurant à côté de sa cruche cassée. La légende ne dit pas son nom ni son âge, mais c'est bien ainsi que nous l'imaginons, treize ans environ, maigre et sombre, l'air sauvage des Berbères, le front têtu. Vêtue d'une robe poussiéreuse, une gardienne de chèvres sans doute. Et lui, le saint que tout le monde vénérait, s'était arrêté, et pour elle il avait fait ce prodige : une eau qui restait prisonnière d'une cruche brisée, comme un arc-en-ciel suspendu au-dessus de sa tête. C'est ici que cela

s'est passé, sur cette terre caillouteuse, non loin du ravin, il y a cinq cents ans, et tout à coup il nous a semblé que cela pouvait encore arriver. Car tout était resté identique grâce à la force de ces femmes, à leurs gestes éternels, longs, doux et coupants comme les gestes d'un rituel.

JMG a écouté Jemia et Amy parler et rire avec les femmes. Elles échangeaient des regards, des idées. Elles essayaient les bijoux, les voiles. Dans la chaleur de l'après-midi, le thé amer emplissait les verres. C'est sa musique qui fait rêver, qui abolit le mur du temps, les différences. Non loin, il y a le tombeau de Sidi Ahmed el Aroussi. Le bruit du thé, les mots et les rires des femmes, l'éclat de leur gaieté doivent résonner jusque-là, adoucir le silence. L'odeur de la nourriture emplit l'aire du village. Quand tout est prêt, les hommes partagent cette nourriture. Chacun trempe ses lèvres dans le grand plat de « beurre » — cette crème douce et fine, faite de la graisse fondue de la chèvre, qui inspira un grand dégoût au pauvre Vieuchange.

Et c'est comme si l'on faisait revivre un autre temps, à la fois lointain et si semblable au nôtre.

Ce qui est extraordinaire, c'est la ressemblance. Nous avons rencontré Oum Bouiba, une femme d'une quarantaine d'années. Et quand nous la regardons, il nous semble voir la mère de Jemia, ou plutôt une tante qui aurait vécu autrement. C'est le même visage aux pommettes larges, avec quelque chose de tartare, ou de mongol, le front haut, l'arc parfait des sourcils, le même sourire, l'aigu du regard noir. Les mains aussi, larges, fortes, endurcies, hâlées par le soleil.

La voix, la façon de parler. Cette franchise directe, et en même temps la réserve. La mère de Jemia avait cette sorte d'élégance naturelle, partout où elle se trouvait, et, en voyant Oum Bouiba, nous comprenons que c'était sa part de femme du désert. Oum Bouiba tient Jemia enlacée comme si elle retrouvait quelqu'un qu'elle avait perdu, quelqu'un qu'elle avait connu autrefois et qui serait revenu, naturellement, parce que c'était écrit.

C'est cela, le vrai retour : quelqu'un qui vous ressemble comme un oncle ou une tante, qu'on ne connaît pas mais qui vous attend dans une vallée au bout du monde.

Tbeïla, le Rocher

Nous sommes arrivés en début d'après-midi, vers une heure. La jeep s'était enlisée et nous avons dû continuer à pied. Nous étions au bas d'une dune, et de cet endroit nous ne voyions pas le Rocher. Cheikh Sid Brahim Salem marchait devant. Lui qui boite, allait plus vite que nous dans le sable. On aurait dit qu'il glissait.

Autour de nous, la vallée avait disparu. Il y avait seulement de grands ravins sombres, des coulées de sable ocre jaune, comme des couloirs d'avalanches. Par endroits, des touffes de végétaux, des arbustes desséchés, quelques gommiers.

Avant de nous enliser, nous avions roulé sur une étendue qui nous paraissait vaste comme la mer, ou plutôt comme une plage d'un horizon à l'autre. Un sable clair, presque blanc, éblouissant, déroutant. Sans le cheikh, nous nous serions perdus cent fois. Assis à l'avant de la jeep, son plus jeune fils sur ses genoux, il rectifiait la route, tout en parlant, d'un geste de la main un peu impatient. À gauche, un peu plus à gauche, à droite, à droite encore. La piste, invisible, apparaissait sous les roues à des détails que nous ne comprenions pas : la couleur du sable, une ondulation, une pente qu'il fallait éviter. Comme une navigation sur un fleuve où se cachent les pièges : un banc de sable, un rocher coupant et caché, un ravin qui finit en cul-de-sac.

Nous avons roulé vers le nord-ouest, probablement. Un peu plus d'une heure, mais cela nous a paru un temps très long. Nous flottions, emportés par un courant, sur ce fleuve de sable, loin de toute terre.

Aucun lieu ne nous a jamais paru empreint d'une telle solitude. Sur la mer, les teintes de l'eau, les courants, le mouvement des vagues donnent la mesure du temps. Ici, dans cette vallée, l'œil inaccoutumé ne perçoit aucune limite, ne découvre rien. Seul le regard de l'homme du désert est capable de suivre les nuances, d'apercevoir les détails, de repérer une ombre fugitive, un reflet, un souffle. En regardant l'enfant assis sur les genoux de Sid Brahim, nous pensions à tout ce qu'il savait déjà de ce monde lunaire, qu'aucun voyageur étranger ne pourrait jamais apprendre.

En haut de la rampe de sable, nous avons débouché sur un grand plateau fermé à l'ouest par une falaise de grès rouge, à la manière d'un canyon. Au même instant, nous avons été saisis par le vent, et nous avons vu le Rocher.

Il y a en fait deux rochers. Ou plutôt deux formes qui saillent de la terre. À droite, un monticule arrondi, usé, tranché d'un côté comme un cône de cendres. À gauche, en équilibre sur un côté, un énorme caillou de grès dont l'avant est tourné vers le sud à la manière d'une étrave de navire.

Sid Brahim Salem presse le pas, loin devant nous, son grand manteau noir flottant au vent. Le vent continu siffle et gémit sur les pierres du plateau.

À mesure que nous approchons, le Rocher prend sa taille véritable, devient énorme, impressionnant. À son pied, sur le versant sud par lequel nous arrivons, il y a un cercle de pierres, et une stèle de grès noir qui marque peut-être le passage d'un disciple du saint. Hormis cette stèle, aucune présence humaine. Rien, à perte de vue, que le désert de

pierres et de sable beige, ocre, rose, sous le ciel strié de nuages.

Le silence est extrême. Aucun bruit de vie, pas un murmure, pas un chant, pas un bourdonnement d'insecte. Seulement le vent, tantôt aigu, coupant sur les pierres, parfois à peine perceptible, un souffle, une respiration. Le village de Sidi Ahmed el Aroussi bruissait de voix, d'appels, de rires d'enfants, du pas saccadé des chèvres. Ici, près du Rocher, on est entré dans un autre monde où rien ne bouge, comme arrêté entre la vie et la mort ; un poste d'observation sur l'espace, l'éternité.

C'est Tbeïla, le Rocher, cet endroit mystérieux dont parlaient les voyageurs, autrefois, comme d'un secret. D'après la légende rapportée par les chroniques des explorateurs français au début du siècle, c'est ici que Sidi Ahmed el Aroussi a touché terre après avoir été transporté dans les airs depuis Tunis, ou Marrakech, par un génie.

Une autre légende, recueillie par Hodges et Pazzanita dans leur dictionnaire du Sahara occidental, relate l'existence d'une « colonne merveilleuse » qui servait de refuge au saint du désert et qui aurait été faite des restes d'un aérolithe à demi enfoui dans les sables. C'est vrai qu'on pense d'abord, devant le Rocher, à un corps céleste tombé sur la Terre : ce gigantesque caillou, en équilibre sur un côté, au milieu de cette plaine de sable et de silex brisés, d'où pourrait-il venir, sinon de l'espace ?

Ou bien est-il le témoin d'une catastrophe, de cette tempête qui balaya la vallée de la Saguia el Hamra, il y a dix mille ans, rasant toutes les collines et poussant dans le fleuve de boue le bloc de pierre, échoué sur cette plage quand le flot se retira ?

Nous avons rejoint le cheikh au pied du Rocher.

Appuyée sur la face sud, une haute échelle : deux bois irréguliers, reliés entre eux par des planches assujetties par des clous et des cordes. C'est le chemin qu'empruntent les pèlerins pour grimper au sommet.

Jemia demande à Sid Brahim Salem s'il est vrai qu'il y a les marques des pieds et des mains du saint sur la pierre. Le cheikh acquiesce, mais il ne peut pas nous accompagner, car sa jambe malade l'empêche de grimper. Il en profite pour mettre en garde Jemia. « Car, dit-il, il est plus facile de monter que de descendre ! » Il reste debout devant le Rocher, entouré par les bourrasques qui secouent ses habits. Son petit garçon reste avec lui, à jouer dans le sable.

Un pan du Rocher, au sud-ouest, est fracturé. Les éboulements ont roulé sur le plateau de pierres. « *Tbruri*, explique le cheikh, il y a eu, voici longtemps, quand j'étais encore un enfant, un grand orage de grêle. Un éclair a frappé Tbeïla et en a cassé un grand morceau. »

Non loin de l'éboulis, dans un creux du Rocher, Sid Brahim Salem montre à Jemia des signes gravés dans la pierre. Une écriture fine, élégante, incisée dans la roche noircie, à l'abri du vent et du soleil. « Ce sont les noms des disciples de Sidi Ahmed el Aroussi, tous ceux qui sont venus année après année suivre son enseignement. »

La paroi du Rocher forme un surplomb ; on peut imaginer que c'est à cet endroit que le saint s'asseyait, chaque matin, le dos bien droit, pour parler avec ses élèves. Le sol, à cette place, est épierré. Depuis cinq cents ans, les Gens des nuages viennent s'asseoir sous le Rocher, à l'abri du vent et du soleil, pour recevoir la parole encore vivante de Sidi Ahmed, être touchés par sa grâce. Un pan de pierre est troué d'une fenêtre, où les pèlerins placent leur tête pour recevoir la bénédiction. La paroi est très lisse par endroits, là où d'autres que nous ont posé les paumes de leurs mains, pour les passer ensuite sur leur visage. Le Rocher est tiède, vibrant de lumière. Le soleil est à son zénith. Puis il redescendra vers l'autre versant du ciel, vers la poupe du navire de pierre, du côté de l'océan.

Le Rocher n'est ni une colonne faite d'un aérolithe, ni un morceau de basalte. C'est tout simplement un énorme bloc de grès creusé, rongé de fossiles, percé de trous par le sable, comme un écueil jailli des profondeurs de la mer.

La Saguia el Hamra est sans doute une grande vallée creusée par les courants sous-marins au temps où l'océan venait buter contre le socle de granit du Sahara. C'est la mer qui a usé, lavé ce paysage, ne laissant subsister que des hauts plateaux, lentement émergés à la fin de l'ère tertiaire.

Puis, lorsqu'elle s'est retirée, la mer a laissé
cet énorme caillou détaché de la cuesta, témoin rongé à sa base par les vents et les
orages, éclaté par le gel, la chaleur et les
éclairs.

C'est un rocher, simplement un rocher.

Mais c'est Tbeïla, un signe, une relique.

Un temple, une mosquée, le lieu de naissance d'un peuple.

L'échelle est précaire, branlante. Les tra-
verses sont des planches ordinaires, du bois
de caisse — ce bois que les Espagnols faisaient naguère venir pour leurs commerces de
Villa Cisneros. Sid Brahim Salem nous fait re-
marquer que cette échelle est un perfection-
nement récent — nous avons l'impression
qu'il le juge même excessif. Dans sa jeunesse, dit-il, il n'y avait rien d'autre pour s'ai-
der qu'un tronc instable. En effet, non loin,
un tronc est posé contre le Rocher, un bois
desséché et gris, qui semble du cyprès.

Dans un pays où le bois est rare (où trouve-
t-on du cyprès ?), ce tronc de cinq à six
mètres ne laisse pas d'étonner. Si l'hypothèse
n'était pas invraisemblable, nous dirions que
c'est celui-là même qu'utilisait Sidi Ahmed

el Aroussi pour monter et descendre de son météore.

Debout contre la paroi abrupte, l'échelle a quelque chose des échelles rituelles des Indiens Pueblos, qui sortent des bouches des *kivas* et semblent conduire vers le centre du ciel. Quand on arrive au sommet du Rocher, il s'agit bien d'une émergence. Tout d'un coup, on est frappé par le vent et par la lumière, suffoqué, aveuglé comme un oiseau sorti d'une grotte.

Le vent vient de l'ouest, du fond de la vallée, de chaque côté de la falaise. Il appuie avec la force de l'espace, de l'océan. Lorsque nous avons vu le Rocher pour la première fois, nous avons pensé à un bateau. Ici, au sommet, on est sur le pont de ce bateau, poussé par le vent violent de la haute mer.

La différence, c'est l'immobilité tout autour de nous. Nous nous sommes assis, à cause du vertige, de la lumière. JMG voudrait voir chaque détail du paysage, suivre la ligne de l'horizon en tournant lentement sur lui-même, pour en photographier chaque segment. Le dos du Rocher est en pente, il monte vers la proue, vers l'est. Il est plus large en poupe ; et là, il y a une sorte de château, une anfractuosité.

Le guide maure cherche les traces du saint marquées dans la pierre. Il les reconnaît du côté de la poupe, derrière le rebord rocheux qui forme comme le poste de pilotage. Deux trous dans la roche, usés, remplis de sable. Ce sont les marques des pieds de Sidi Ahmed el Aroussi. Devant les trous, le Rocher dresse une sorte de muret. La pierre est si usée par le vent et la pluie qu'elle est percée par endroits, transformée en dentelle. Deux entailles marquent le haut du muret, y forment un lutrin. C'est là que le saint reposait ses mains quand il tenait son chapelet, tourné dans la direction du soleil levant.

L'un après l'autre, nous essayons les marques. Mais JMG manque d'équilibre, le vent le fait tituber. Le guide essaie maladroitement, sans comprendre. C'est le frère de Jemia qui nous montre comment faire. D'instinct il a compris. Il place ses pieds dans les trous, jambes écartées, comme s'il était debout sur des étriers, le buste bien droit, et ses mains viennent se poser naturellement sur les encoches, en haut du muret.

À un demi-millénaire de distance, un descendant de Sidi Ahmed el Aroussi, venu pour la première fois à la Saguia el Hamra, retrouve la pose de son ancêtre au sommet du Rocher Tbeïla.

C'est bien ainsi que Sidi Ahmed devait se tenir. Grand et maigre, comme Sid Brahim Salem, le visage brûlé par le soleil, vêtu du même grand manteau noir flottant dans le vent. Debout à l'aube, les pieds bien d'aplomb dans les marques, pour résister au vent et à la fatigue, les mains tenant à hauteur de sa poitrine le chapelet de grains d'ébène, il guettait le lever du soleil, tourné dans la direction de La Mecque.

Nous sommes ici avec lui, nous voyons ce qu'il voyait. Alors la vallée ne devait pas être différente de ce qu'elle est aujourd'hui : immense, vide, un réceptacle pour la pensée. Sans doute y avait-il un village de tentes en bas, vers la rivière qui dessine une longue file d'arbres noirs, de l'ouest vers le sud-est, avant de se perdre ensuite dans les sables. Peut-être y avait-il là des champs de blé et d'orge, des coloquintes, des gommiers ?

Aujourd'hui, il ne reste rien, que ces marques sur le toit du Rocher, le cercle de pierres qui entoure la stèle, et les noms gravés sur la paroi noire. Toutes les autres traces de présence humaine ont été effacées.

On distingue des pistes tracées par les véhicules des pèlerins, à moins que ce ne soit par des patrouilles militaires. Le vent qui souffle sans cesse sur elles les fera bientôt disparaître. Ici, hormis le regard du saint, rien ne peut résister.

Accroupi au sommet du Rocher, on voit exactement ce qu'il a vu pendant toute sa vie. Des arpents de sable et de pierre, à l'infini. À l'ouest, la table sombre qui divise la Saguia, semblable à un mur, à une côte vue d'un navire. La plaine de sable vient mourir contre cette falaise de grès brûlé.

Au nord, la vallée s'ouvre sur une échancrure de sable clair, jusqu'à l'horizon. Puis le monticule qui double le Rocher, sombre, usé.

Vers l'est — la direction de Smara —, le plateau forme une marche qui descend vers un autre bras de la rivière souterraine, dessiné par des arbustes courbés, comme une caravane fatiguée.

Et encore des côtes lointaines, longues bandes sombres au-dessus des dunes, creux ombreux, buttes estompées, ravins sillonnant la vallée en tous sens, et cailloux jetés, abandonnés sur leur ombre, semblables à ces pierres familières et mystérieuses que les caméras de la sonde Viking transmettaient depuis la planète Mars — nous avons même cru reconnaître la longue pierre en forme de saucisse que les astronomes avaient baptisée Midas, du nom d'une fameuse marque de pots d'échappement !

Nous pourrions rester des jours, des mois, des années à déchiffrer chaque détail de la vallée, à nous en imprégner, à en mesurer les changements, les variations de couleur, à interroger les nuages, cirrus à l'ouest, légers moutons au sud, taches pâles en expansion vers l'est, au-dessus d'une terre assombrie, virant au vert, comme vue à travers une eau rouillée. Ce qui sépare le nomade du sédentaire (c'est-à-dire du citadin), c'est cette faculté qui est celle du marin sur son bateau, ou de l'Esquimau sur sa banquise, de distinguer le moindre changement, d'admirer la variété là où d'autres ne verraient que du vide. Ici nous avons tout à apprendre.

Le regard de Sidi Ahmed est partout ici : il brille, il éclaire la vallée, il vibre sur chaque pierre, sur chaque pauvre arbuste, il suit avec délices les lignes douces de l'horizon. L'air qui nous pousse est celui qui passait sur lui, qui l'obligeait à s'arc-bouter sur le muret de pierre, en haut de Tbeïla. Combien d'années a-t-il passées sur le Rocher ? Alors le vent et la pluie creusaient la pierre sous ses pieds nus, comme ces empreintes que le sable des plages enfonce à chaque vague.

C'était ici son domaine. Il n'a pas construit de monument glorieux, il n'a pas fait bâtir de mosquée ni de palais, ni dresser de remparts. Sa force était dans le désert. Sa force était dans son regard, dans sa volonté. Il a donné aux Aroussiyine cette vallée, il en a fait leur lieu de naissance, leur route et leur tombeau. Et il ne les a jamais quittés.

Nous sommes restés le plus longtemps que nous avons pu sur le Rocher, à regarder, à écouter, à respirer. Le souffle continu qui vient du fond de la vallée siffle dans les trous de la roche. Dans mille ans, dans dix mille ans, le Rocher sera toujours là, simplement un peu plus usé par les grains de sable qui le

bombardent, éclaté par endroits par le ton-
nerre, par l'alternance de la chaleur et du gel.
En bas du Rocher, le vent ne souffle pas aussi
fort. Il est intermittent, arrive par rafales.
Nous voici de nouveau au niveau du sol, à
l'abri des dunes, des ravines. Nous marchons
autour du Rocher, à la recherche de quelles
traces ? Avons-nous donc à ce point besoin de
signes, de preuves ?

Mais il n'y a rien. La vallée est conforme à ce
que souhaitait Sidi Ahmed el Aroussi, elle ne
donne prise à aucune idolâtrie. Il n'y a que ce
Rocher, le désert, les falaises sombres au loin,
les méandres de l'eau cachée, le ciel où s'ef-
face l'écriture des nuages.

Que regardait Sidi Ahmed el Aroussi, du haut
de son observatoire de pierre ? Sid Brahim
Salem montre l'endroit du ciel où se lève
Suriya, les Pléiades. C'est dans cette direction que se trouve La Mecque. La vue d'aigle
des nomades est capable de distinguer la sep-
tième étoile des Pléiades, celle qu'ils appellent l'« Épreuve ».

Il est facile d'imaginer le ciel constellé que
voyait Sidi Ahmed du haut de son Rocher,
chaque nuit. Il suivait la course des astres,

Gens des nuages

peut-être qu'il notait ses observations sur les pages d'un livre, comme le faisaient Ibn Sinna (Avicenne) et Ibn Roshd (Averroès). Il attendait le retour de Suhail, que les Occidentaux appellent Canope, qui ferme la voile du navire Argo. Lorsque l'étoile brillait au-dessus de l'horizon, au crépuscule, il savait que l'hiver arrivait et que les pluies bienfaitrices étaient proches.

Nous sommes partis. D'un coup d'épaule, la dune que nous avions gravie a caché Tbeïla, le Rocher. Le vent a cessé. En approchant de la jeep, nous voyons danser dans la lumière de la fin du jour des myriades de moucherons.

Puis nous sommes à nouveau dans la solitude de la vallée, sur une mer de sable sans commencement ni fin, où la ligne sinueuse des arbustes se confond avec les mirages, où la blancheur des plages trouble les sens, affole notre boussole interne.

Déjà le ciel a la pâleur du soir. Demain c'est l'Aïd el Kebir, la grande fête du Sang, en mémoire du sacrifice d'Abraham. Le sang de la victime a dessiné pour toujours la Voie lactée dans le ciel. Sid Brahim Salem nous a donné

131

congé avec l'autorité douce-amère d'un homme d'expérience. Qui sait quand nous nous reverrons ?

Pour Jemia, être venue jusqu'à ce Rocher marque l'accomplissement du voyage. Il ne peut rien y avoir d'autre. JMG n'est qu'un témoin, un curieux, en vérité pas différent d'un touriste qui passe, frissonne et oublie. Mais, pour elle, ce doit être comme de toucher à sa vérité, à un double, à la fois très proche et inaccessible. JMG pourrait revenir chaque jour. Dessiner, prendre des photos, grimper au sommet du Rocher par l'échelle mystique, boire à la source du vent. Mais Jemia ? Il semble que cette ultime étape lui a enlevé quelque chose, en même temps qu'elle lui apportait la certitude de la véracité. Peut-être que ce qui a été enlevé et ce qui a été donné sont une seule et même chose. Au cœur, au centre de la pierre, au centre de l'être, une porte ouverte sur la Voie.

Tariqa, la Voie

L'un est accidentel et l'autre essentiel, ô Ânes !
Ne la cherchez nulle part ailleurs que dans le cœur
* des Maîtres*
la mosquée qui est au cœur des Saints, le lieu de
* prière pour tous :*
car c'est là que se trouve Dieu.

RUMI, *Mathnawi*, livre premier.

Nous ne pourrons jamais oublier le Rocher, ni le pays ocre qui l'entoure, les vagues de sable, les pierres noires, la falaise brûlée qui ferme la vallée à l'ouest, la ligne mince des arbustes le long de l'eau souterraine, ni ce vent, ni ce ciel, ni ce silence.

Aux environs de l'an 1500 de notre ère (neuf cents ans après l'Hégire), Sidi Ahmed el Aroussi est arrivé ici, à el Riyad, dans la vallée de la Saguia el Hamra, porté par un saint nommé Bou Dali. C'était justement une des prérogatives des maîtres du soufisme que de pouvoir accomplir des prodiges (*ayat*, des signes) et de voler très vite au-dessus de la terre comme des oiseaux (*tayy el ard*).

Rahman Bou Dali, qui enleva Sidi Ahmed el Aroussi de sa prison et le transporta suspendu par sa ceinture de cuir jusqu'au désert, était l'un des maîtres qui enseignaient la voie du *tassawwuf* (le soufisme) à Tunis. Il fut peut-être aussi l'ancêtre d'un autre Bou Dali, Hajj Mohammed al Ahrash, un religieux qui s'insurgea au XVIIIᵉ siècle contre le pouvoir ottoman représenté par le bey de Tunis, et qu'on appela, en signe de respect, Sahib al Waqt, le Maître du temps. Ainsi, la rébellion de Sidi Ahmed el Aroussi fut l'une des premières manifestations du nationalisme maghrébin contre les pouvoirs étrangers, qu'ils fussent aux mains des Arabes Maqil, des Turcs ou des chrétiens, français ou espagnols. Le lieu où Sidi Ahmed el Aroussi tomba, en plein désert, est appelé el Riyad, le Jardin. Pour expliquer ce nom, les Aroussiyine évoquent un âge d'or où toute la région des *grair* (les champs d'épandage) de la Rivière Rouge était cultivée par les esclaves et les tributaires, et regorgeait de plantations et d'arbres fruitiers de toutes espèces.

Le nom, pourtant, fait davantage penser à une métaphore de la poésie soufi.

Quand Sidi Ahmed arriva dans la Saguia el Hamra, les habitants qu'il trouva étaient encore proches du paganisme. Ils avaient eu connaissance de l'islam, mais ils étaient ignorants, incultes, et ne reconnaissaient que la loi de la force.

Alors la vallée était sauvage, hantée par des bêtes féroces. Elle devait parfois ressembler à l'enfer, brûlée par le soleil, un lieu de violence et de mort. Les habitants étaient endurcis ; à la valeur guerrière des Arabes descendants de Hassan, ils avaient joint la rapidité et le sens de l'adaptation des Berbères sanhaja, capables de deviner l'eau sous la terre, de marcher jour et nuit sans s'épuiser à la recherche de pâtures pour leurs troupeaux. Ce sont ces hommes extraordinaires que Sidi Ahmed el Aroussi décida de convertir et de cultiver, comme de précieuses graines, pour que cette vallée âpre devînt pareille à un jardin aux yeux de Dieu. Et c'est ce qu'il fit.

Nous quittons Tbeïla, en route vers le village de Sidi Ahmed el Aroussi, et voici que soudain s'éclaire ce qui s'est passé ici, dans la

Saguia el Hamra ; comment, du sable brûlé du désert, naquit el Riyad, le Jardin. Ce que nous avons vu n'est qu'une apparence, ou plutôt la porte d'un autre monde, immense comme le désert : le début de la Tariqa, la voie qui mène à l'éternité. Par cette porte entre la lumière et le souffle. La dureté minérale du pays qui entoure le Rocher, les dessins des nuages, chaque détail de l'horizon sont les amorces visibles d'une autre vallée où règne l'amour du saint pour son peuple.

Tout, dans la légende de Sidi Ahmed el Aroussi, fait penser au soufisme.

Il est l'errant, à l'image du Prophète et de ses descendants : Abou Baker, Hadrat Uwais al Qarni, Sayed Hussein le martyr, Ibn Sinna, Majnoun Qalander le Fou errant qui pouvait transmettre ses pensées, Yusuf le Derviche errant.

La vie de Sidi Ahmed el Aroussi est celle d'un *wali Allah*, d'un proche de Dieu, maître du soufisme. Grâce à l'enseignement de Rahman Bou Dali, le jeune Sidi Ahmed reçoit l'héritage d'un des plus grands courants philosophiques de l'histoire, qui mêle à la loi du Prophète la raison des Grecs, la force biblique, la profondeur de la méditation du Vedanta, ainsi que l'ironie christique.

Dès son jeune âge, il suit l'exemple des grands maîtres du soufisme persan : Abul Qasim al Junayd, le fondateur de l'école shari (de la sobriété), l'imam-poète al Ghazzali, Mansour al Hallaj, qui fut crucifié pour avoir osé affirmer l'unité de l'homme avec Dieu, Fariddudin Attar, l'auteur de *La Conférence des oiseaux*, et surtout Jallal al Din al Rumi, l'Anatolien, qui atteignit à la perfection du langage.

Mais il fut sans doute influencé aussi par les grands penseurs andalous grâce auxquels l'Afrique fut le terrain d'élection du soufisme : Abou Madyan le Sévillan, converti par un mendiant qui vivait dans une caverne, Abdu Abdallah el Haqq, et qui reçut de lui sa *khirqa*, sa robe de laine. Abu Yazza, le saint berbère, qui savait lire dans les pensées, et pouvait communiquer avec les chats. Et surtout, le cheikh Ibn Arabi, né à Séville, qui fut enseigné par les morts dans un cimetière et révéla la religion la plus dépouillée, la plus pure, au point qu'il reçut le surnom de Muhyi el Din,

l'Âme de la religion, et celui de Mahid-Din,
Celui qui abolit toute religion.

Tels furent sans doute les saints qui permi-
rent à Sidi Ahmed el Aroussi d'entrer dans la
silsila, cette chaîne ininterrompue qui unit
tous les descendants du Prophète.

À Tunis, Sidi Ahmed reçut peut-être l'illumina-
tion, comme Ibn Arabi, en lisant le *hadith*, la
parole par laquelle Dieu se révéla aux hommes :

J'étais un trésor et je n'étais pas connu.
Or j'ai aimé être connu.
J'ai créé les créatures afin de me faire connaître d'elles.
Alors elles me connurent.

Sans doute suivit-il les traces d'Ibn Arabi, de
Tunis à Fez, et jusqu'au sud du Maroc, pour y
suivre l'enseignement d'Al Marrakshi. Mais
les temps avaient changé. À la fin du
XVe siècle, il n'était plus possible de voyager,
comme au temps d'Ibn Arabi, à travers le
monde arabe, de l'Espagne jusqu'à l'Égypte
et de Damas jusqu'à l'Inde.

L'enfance de Sidi Ahmed el Aroussi fut troublée par la chute des Almoravides et le départ
forcé des Arabes d'Andalousie. La décadence

qui accompagne la défaite arabe de 1492 livre l'Afrique du Nord aux premières invasions chrétiennes, et suscite en réaction le mysticisme des saints du désert.

Comme Ahmed el Reguibi, Sidi Ahmed el Aroussi est l'un des premiers à dénoncer la corruption et les abus du pouvoir. Ce n'est pas par les armes que les maîtres soufis luttent contre le mal, c'est par la puissance de leur verbe, par l'exemple de leur pureté, par la force de leur sacrifice.

Tbeïla, le lieu qu'a choisi Sidi Ahmed el Aroussi pour fonder son peuple, est au centre de cette insurrection. Ce qui brille dans la Saguia el Hamra, ce ne sont pas les palais ni les mosquées. C'est la nudité et le silence admirables d'une vallée où, parce qu'il n'y a rien qui vienne troubler les sens, l'homme peut se sentir plus près de Dieu (comme le sera Charles de Foucauld dans le Hoggar).

Sidi Ahmed el Aroussi ne fonde pas de ville, il ne conquiert pas de peuples. La vie vient de lui, simplement. Les nomades sanhaja plantent leurs tentes auprès du Rocher, ils creusent des puits, ils sèment de l'orge. Ils écoutent, fascinés, cet homme qui semble venu de l'Au-delà, qui ne craint ni l'ardeur du soleil ni le froid nocturne, et qui peut rester debout toute la nuit sur son navire de pierre, tourné vers le levant. Cet homme qui voit dans son extase au-delà de la mort, cet homme dont le regard embrasse l'horizon tout entier sans qu'il ait besoin de tourner la tête — *wajh bi la qafa*, un visage qui n'a pas de nuque, selon le surnom qu'on avait donné à Ibn Arabi. Cet homme vêtu en toute saison de sa robe de laine, qui semble ne jamais dormir, qui mange si peu, boit à peine, et leur parle d'un Dieu d'amour et de perfection. Qui leur dit que Dieu n'est pas avec les puissants et les riches (le pouvoir corrompu des souverains mérinides et du sultan noir de Taroudant), mais avec eux, dans cette vallée, partageant leur dénuement et leur solitude. Ici, dans cette vallée où les étrangers disent qu'il n'y a

rien, mais où il y a, au contraire, la plénitude de la pensée et l'infinité de l'amour.

Les nomades du Sahara ont reconnu dans Sidi Ahmed el Aroussi un vrai cheikh el Akbar qui les protégera et les bénira dans un temps d'incertitude et de guerre, qui fera d'eux à la fois des guerriers et des *chorfa*, un peuple saint. Ils l'accueillent sous leurs tentes, partagent avec lui leur nourriture et leur eau. Par le mariage avec des femmes sanhaja, Sidi Ahmed el Aroussi entre dans leurs familles et s'unit à ce peuple par les liens du sang. De sa semence sortiront les trois lignées de la tribu aroussi, les Ouled Sidi Bou Mehdi, les Ouled Bou Madyan, et les Ouled Khalifa auxquels Jemia appartient.

Nous allons vers Smara dans le gris du crépuscule. Maintenant, nous comprenons bien ce qui a traversé le temps malgré l'exil.

Comme la lumière d'une étoile lointaine met des siècles à traverser l'espace, la lumière qui a brillé au xvie siècle dans la Saguia el Hamra continue sa route de génération en génération. La bénédiction que Sidi Ahmed el Aroussi a donnée à son peuple ne peut être entamée par aucune puissance terrestre, il n'est pas de loi ni de monarque qui puisse la détruire. Elle est en cela semblable au désert : un langage éternel, une perfection sans temps, une vérité sans corps.

Épilogue

Ce monde est une montagne.
Nos actions sont un cri
dont l'écho toujours nous revient.

RUMI, *Mathnawi*,
livre premier.

À l'instant où la route s'est refermée derrière nous sur les maisons de Sidi Ahmed el Aroussi, nous avons ressenti l'impression que quelque chose nous échappait, nous avait fait défaut.

Nous quittons la Saguia el Hamra sans savoir si nous y reviendrons un jour. Nous ne sommes que de simples voyageurs, des oiseaux de passage. Pourtant, au moment des adieux, le cheikh Sid Brahim Salem nous a donné sa bénédiction comme si nous étions devenus partie de ce pays, non pas des étrangers, mais des proches. Mais nous, qu'avons-nous fait pour les gens d'ici ? Que pouvons-nous faire ?

Comment aurait-il pu en être autrement ? Les Aroussiyine du désert sont si différents,

145

si loin de tout ce que nous savons. Malgré nos efforts, malgré tout ce que nous avons lu, entendu, malgré nos inclinations et notre sympathie pour ces gens, le mystère reste, sans doute parce qu'il nous a manqué quelque chose de leur merveilleuse légèreté.

Ces hommes et ces femmes ne sont pas innocents. Ils vivent en contact avec le monde actuel, ils le rencontrent régulièrement à Smara, à Dakhla, à Laayoune, ils en aperçoivent parfois les images sur les écrans de télévision, ils ont goûté à ses nourritures, à ses boissons gazeuses, ils utilisent ses moyens de transport et achètent ses produits industriels. Mais c'est au désert qu'ils reviennent toujours.

L'illustration sans doute la plus frappante de leur faculté d'adaptation est celle de nomades se déplaçant pour rejoindre leurs troupeaux de chameaux en roulant à travers le désert à bord de leurs Land-Rover sur lesquels sont montés des capteurs solaires qui leur fournissent, à l'étape, la lumière électrique sous leurs tentes. Ou encore, Sid Brahim Salem prenant l'avion pour disputer une course de chameaux en Arabie…

Les Gens des nuages ont pris du progrès ce

qui leur convenait. Pour le reste, ils ont choisi de continuer à vivre selon leurs traditions, guidés par un sentiment religieux — c'est-à-dire par le respect scrupuleux des règles imposées par le lieu où ils vivent, et par la foi en leur ancêtre Sidi Ahmed el Aroussi.

Ce qui caractérise la vie des nomades, ce n'est pas la dureté ni le dénuement, mais l'harmonie.

C'est leur connaissance et leur maîtrise de la terre qui les porte, c'est-à-dire l'estimation exacte de leurs propres limites.

Pour nous dont la connaissance est bornée par le conformisme, ce simple savoir est difficilement accessible et compréhensible.

Nous vivons dans un univers rétréci par les conventions sociales, les frontières, l'obsession de la propriété, la faim des jouissances, le refus de la souffrance et de la mort ; un monde où il est impossible de voyager sans cartes, sans papiers, sans argent, un monde où l'on n'échappe pas aux idées reçues ni au pouvoir des images. Eux sont tels que les a rencontrés Sidi Ahmed el Aroussi quand il est arrivé au désert, sans aucun des droits ni aucun des devoirs de la société urbaine.

Ils sont les derniers nomades de la Terre, toujours prêts à lever le camp pour aller plus loin, ailleurs, là où tombe la pluie, là où les appelle une nécessité millénaire et impérieuse. Ils sont liés au vent, au ciel, à la sécheresse. Leur temps est plus vrai, plus réel, il se calcule sur le mouvement des astres et les phases de la lune, non suivant des plans établis à l'avance. Leur espace n'a pas de limites, il loge dans leurs yeux, dans leur volonté d'aller au gré de leurs routes. Leur regard a développé une acuité qui leur permet de discerner le moindre changement des pierres ou du sable, et de découvrir de la diversité et de la beauté là où les autres hommes ne ressentiraient que de l'ennui ou de la crainte.

Sans doute n'avons-nous compris qu'une part infime de ce que sont les Gens des nuages et n'avons-nous rien pu leur donner en échange. Mais d'eux, nous avons reçu un bien précieux, l'exemple d'hommes et de femmes qui vivent — pour combien de temps encore ? — leur liberté jusqu'à la perfection.

Légendes

Table

DU MÊME AUTEUR

ONITSHA. (Folio n°2472)

ÉTOILE ERRANTE. (Folio n°2592)

PAWANA.

LA QUARANTAINE. (Folio n°2974)

POISSON D'OR. (Folio n°3192)

LA FÊTE CHANTÉE

HASARD suivi de ANGOLI MALA

Dans la collection Folio Junior

LULLABY. *Illustrations de Georges Lemoine* (n° 140).

CELUI QUI N'AVAIT JAMAIS VU LA MER *suivi de* LA MONTAGNE DU DIEU VIVANT. *Illustrations de Georges Lemoine* (n° 232).

VILLA AURORE *suivi de* ORLAMONDE. *Illustrations de Georges Lemoine* (n° 302).

LA GRANDE VIE *suivi de* PEUPLE DU CIEL. *Illustrations de Georges Lemoine* (n° 554).

Dans la collection Enfantimages

VOYAGE AU PAYS DES ARBRES. *Illustrations d'Henri Galeron* (repris en Folio Cadet, n° 49 et Folio Cadet Rouge, n° 187).

Dans la collection Albums Jeunesse

BALAABILOU. *Illustrations de Georges Lemoine.*

PEUPLE DU CIEL. *Illustrations de Georges Lemoine.*

Aux Éditions Stock

DIEGO ET FRIDA (repris en Folio/Gallimard, n° 2746).

GENS DES NUAGES, *en collaboration avec Jemia Le Clézio.*
Photographies de Bruno Barbey.

Aux Éditions Le Promeneur/Gallimard

LA FÊTE CHANTÉE.

Aux Éditions Skira

HAÏ.

Aux Éditions Arléa

AILLEURS. *Entretiens avec Jean-Louis Ezine sur France*
Culture.

Impression I.M.E.,
le 23 mai 2000.
Dépôt légal : Mai 2000
1ᵉʳ dépôt légal dans la collection : novembre 1999.
Numéro d'imprimeur : 14255

ISBN 2-07-041216-4 / Imprimé en France

96583

The amazing story of . . .

Jesus in the Old Testament

An Introduction

Genesis — Malachi

1

The amazing story of . . .

Jesus in the
Old Testament

An Introduction

Genesis – Malachi

"You search the Scriptures, for in them you think you have eternal life. But they are witnessing of Me." **John 5:39**

Read the Bible with the view: 'How does this show me Jesus?' because Christ grows in us the more we see Him, **2 Corinthians 3:15–18**

Published by PUSH Publishing 2017

www.pushpublishing.co.uk

in partnership with Jesus Centred Bible

office@jesuscentred.org

www.jesuscentred.org

Scripture quotations are based on the World English
Bible (WEB) which is in the public domain.
The WEB is a 1997 revision of the American Standard
Version of 1901.

A catalogue record for this book is
available from the British Library

ISBN-13: 978-0-9933445-1-0

Printed and bound in Great Britain by Cambrian Printers

Cover design by Joseph Laycock

Contents

Dedication

Special thanks to:

All those that enable me to write these books, by their support and partnership. In particular I would like to mention . . .

Warren and Jocelyn Mine, Andy and Jaqui Bater, Vanessa Church, Leslie and Ken Davis, Chris and Sheila Green, Paul Elliot, Peter and Kay Hanney, Elizabeth Taylor, Barry and Deborah Goddard, Margaret Huxtable, Simon Swizinski, Howard Dwyer, Colin and Mel Green, Barbara Dingle and Sharon McIlroy.

Introduction

The resurrected Jesus spoke to two disciples on the road to Emmaus. According to the Early Church they were members of Jesus' extended family: His uncle Clopas and His cousin Simon, people who knew Jesus well. But they didn't recognise Him, they couldn't see what was being hidden in plain sight. Perhaps their certainty in what was familiar prevented them from seeing Jesus in ways that would stretch their faith.

So, Jesus takes them through the Old Testament giving them a more technicoloured view of the Christ.

> And beginning at Moses and all the Prophets, He expounded to them in all the Scriptures the things concerning Himself. **Luke 24:27**

That conversation on the road to Emmaus is one that I would love to have been part of, but it would not have been the last word on 'Jesus in the Old Testament', there simply wasn't enough time to learn all that could be learned!

Fortunately, our faith doesn't require us to learn 'all mysteries', **1 Corinthians 13:2**, knowing Jesus is more than just facts, it requires fellowship as well. So, it was when Jesus broke bread with Clopas and Simon that '. . . their eyes were opened and they recognised Him', **Luke 24:30–31**. We all grow in that interplay between facts and fellowship.

This book is the first in a series of fourteen volumes covering how the Old Testament reveals Jesus. In them you'll discover a lot of 'hidden manna', **Revelation 2:17**, food to feed the fellowship of faith.

Facts can satisfy the head, but seeing the pre-incarnate Christ in the Old Testament also set Clopas' and Simon's 'hearts burning', **Luke 24:32**, in a way that led them into a revelation of the risen Jesus too.

You will get the most out of these books if you can maintain that rhythm between head and heart. As you learn facts take time to meditate on them with the Holy Spirit, expect Jesus to break them open with you to take you past the fact and into its life.

Then try to pass on what you've seen because teaching others what you are learning is a great way of letting truth settle in yourself. It is also one of the ways Jesus uses to give us our own revelation.

While it is about a two-hour journey on foot from Jerusalem to Emmaus, getting to know Jesus is the adventure of an eternal lifetime and we will not exhaust His revelation through Scripture in this one.

Whether you are just starting your journey with Jesus or have walked with Him for years, I'm sure you will find things in these books that are both fresh and surprisingly familiar at the same time.

The Road Ahead

God speaks plainly but His words are never linear and one dimensional.

Psalm 78 is a Psalm about how God has spoken through the history recorded in the Old Testament. It gives us some broad parameters to help us read both beyond the text and between the lines.

> I will open my mouth in a parable. I will utter ancient riddles. **Psalm 78:2**

On the one hand, God has spoken in 'parables' and, on the other hand, He has spoken in 'ancient riddles'.

The Hebrew word for a parable is *mashal* / משל. It is a form of teaching that relies on easy to visualise, every-day narratives to pass on a more complex, abstract, or spiritual truth. A *mashal* can be a story or just an illustration, Jesus used them all the time – 'The Kingdom of Heaven is like . . .'

The Hebrew for a riddle is *chidoth* / חידות and it is based on the verb 'to tie a knot' / חוד. It is something you have to unravel to understand. But God's puzzles are not there to frustrate us, they are open secrets to be solved by those with ears to hear. As we are going discover, God loves wordplay, the Bible is full of it, but we don't often see it because it gets lost in translation.

God has spoken through the Bible's stories and history with puns, puzzles even double-entendre, all woven into the text used to tell tales that themselves parallel more eternal truths. He has spoken both through the meta-narratives and through the jots and tittles of Scripture.

Psalm 78 itself illustrates this broad sweep by re-telling hundreds of years of Israel's history as a parable of undeserved grace:

> For their heart was not right with Him, neither were they faithful . . . But He, being merciful, forgave iniquity . . . Yes, many times He turned His anger away . . . Psalm 78:37–38

And in the middle of this big story we find the name 'Jesus' hidden in plain view as an ancient riddle to be seen with hindsight.

> . . . they didn't believe in God, nor trust in His **salvation [Jesus]** . . . even though He rained down manna and gave them food from heaven. **Psalm 78:22**

The word 'salvation' / ישוע is the name 'Jesus'. Translating it as a name instead of a noun suddenly turns this verse into a description of events that we read about in the Gospels.

Jesus asks the crowd to '. . . believe in Him [Jesus] whom He [God the Father] has sent', **John 6:29**. It is the day after feeding five thousand men, plus women and children. Now even though Jesus has 'rained down' 'food from heaven', the crowd wants more, even quoting **Psalm 78** above to imply that Jesus should do the miracle again if He wants those that missed it to believe in Him now.

> What do you do as a sign for us . . ? Our fathers ate manna in the wilderness . . .
> **John 6:30–31**

Jesus explains that He is the real 'bread of heaven', and the people complain even more. Jesus then mixes His metaphors and offers eternal life to those that eat His body which results in the biggest loss of followers in Jesus' entire ministry, **John 6:66**.

Psalm 78:22 describes how people don't trust in Jesus' salvation even though He rained down food from heaven!

Now each time I return to a passage marked with a green line I find myself considering what difference its role in the divine lineage made to the story. Coloured lines are a great way to mark out parables / *mashals*.

Of course, I soon realised that there would be times when I didn't have my coloured pencils to hand and there were also things I wanted to note that didn't easily hang from a word or verse.

So, in time I developed some easy to draw icons to go with each colour. Then I added a seventh icon to be used in conjunction with the other colour / icons. This icon was used when a truth was hidden in a way that was not easy to see in the English text of my Bible. This icon was particularly useful for marking ancient riddles / *chiddoth*.

After 30+ years I have notes, colours and icons on almost every page of the Old Testament. They act as a constant reminder and guide to help me look through the words and see Jesus, the Word.

The table opposite lists my seven icons, I suggest you choose some coloured pencils and add a colour scheme to the table. Then bring your Bible to life in a kaleidoscope of colour.

The rest of this book is structured to demonstrate how each thread works. These threads will be used throughout the *Jesus Centred* series.

You may still want to develop your own notation system. In the past I've had more colours, categories and icons too, but I settled with these 6 / 7 for the sake of clarity and manageability. They may not be perfect, but they should work for most readers.

 Prophecy: Predictive, Ecstatic and Formative

 Typology: Models, Titles, People and Events

 Teaching: Used by Jesus / Gospels

 Jesus' Household: The Family Tree

 Trinity and Divinity: Jesus as God / God as a Plurality

 Christophanies: God in visible form

 Cryptic: Hidden in the Hebrew

Cryptically Christ

Before we explore the six major themes listed on the previous page we will look at how the seventh icon, the magnifying glass, works.

The magnifying glass signifies that we need to solve a puzzle before we can see Jesus. As we've seen, the Lord likes to speak in parables and ancient riddles so we shouldn't be surprised by these cryptic references to Jesus.

Once solved of course we'll find the hidden reference is a prophecy, a title or type and so we can colour-code it accordingly. That assumes of course that there is a word or phrase to actually highlight . . . which isn't always true! In fact the most prevalent reference to Jesus in the whole Bible is a word that is almost never translated.

the New Testament the alphabet is Greek, so the letters are now Alpha-α and Omega-ω, **Revelation 1:11**.

To the Hebrew mind this word that peppered their speech was a sign that spoke of completeness, from A to Z, and of the Lord, the First and Last.

 But it also spoke of sacrifice and of a wounded God.

When Hebrew was first written down it didn't have the form it has today; it was written in pictograms. The letter Aleph-א was written using the image of a bull's head, 𒀀, and the letter Tav-ת was two crossed sticks, ✝.

A bull was the largest sacrifice that could be made. It was offered by burning the bull over criss-crossed sticks, for example **Numbers 15:8**, so to the ancient Hebrew mind, *AT* / את spoke of sacrifice, a burnt offering. It speaks even more so to us since Jesus became the ultimate sacrifice offered up on a wooden cross.

Finally the letter Aleph-א was originally called simply *Al* or *El,* which means 'power' or 'god'; and the Tav-ת was a mark that was cut into something. Put together they imply a wound or scar on God.

So, from start to finish, the Old Testament is saturated with a silent witness that speaks about the completeness of the ultimate sacrifice on a cross of the wounded God, the First and Last.

In subsequent volumes of this series you will see how this cryptic marker appears at some significant points in the Old Testament.

For instance, the *AT* marker appears either side of the first use of the word 'covenant', **Genesis 6:18**. Covenant has always been an expression of the Cross.

And *AT* appears between the words 'look at' and 'whom' in **Zechariah 12:10**:

> . . . and they will look at me [*AT*] whom they pierced; and they shall mourn for him, as one mourns for an only son.

Jesus is the Alpha and the Omega, the First and Last, the only Son whom they pierced.

Finally, you may want to look up the following verses, each includes *AT*. Put a magnifying glass by the word 'salvation' which is written as *Yshua* / ישוע, Jesus' name in Hebrew, (see the section on *Typology: Titles* on page 38ff).

> **Exodus 14:13**, **2 Chronicles 20:17**, **Psalm 98:3**, **Isaiah 52:10**

In each, the words 'my / your salvation' are prefixed with the Aleph-א Tav-ת – meditate on the sentence substituting the word 'salvation' with the phrase 'Jesus – First and Last'.

In fact this is a good point to make a drink, get some pens together and start marking up your Bible

Hidden in the Hebrew

In our quick review of the *AT* / את we've seen how the letters that make up a Hebrew word can add something to its meaning. Each Hebrew letter has a name that means something and each letter was developed from a pictogram that showed something. In addition, letters also indicate numbers.

Sometimes we find these layers of meaning combining in interesting ways.

For instance, Zechariah asks a question:

> Speak to all the people of the land, and to the priests, saying, 'When you fasted and mourned in the fifth and in the seventh month for these seventy years, did you at all fast for me, really for me? **Zechariah 7:5**

We should ignore the fact the fifth verse of the seventh chapter of Zechariah asks a question about the fifth and seventh months of the year, because there were no chapters and verses in the original Hebrew text. But there is something unusual about the number five in this verse.

Starting with the word 'in the fifth' / נחמישי we find the more formal five-letter spelling of the name Jesus / ישועה (see the section on Jesus' name on page 39ff) spread out five letters apart in five consecutive words:

שנה	שבעים	וזה	ובשביעי	בחמישי
years	seventy	of-this	and-in-the-seventh	in-the-fifth

Now the number five is represented by the fifth letter of the Hebrew alphabet, the Hey-ה. The name comes from the word that means 'see this' or, as the King James Bible often translates it, 'lo'. And interestingly you can also see this meaning in the original pictogram for the letter which shows a man with his hands up in surprise, ᕦ. It is as though he is exclaiming 'Hey, look at this'.

'Hey, look at this', five letters apart, across five consecutive words starting with the word 'in-the-fifth' we find the five-letter spelling of the name 'Jesus'. Perhaps 'Jesus' is the answer to the question, 'Who are the fasts and feasts for?'

I said earlier that I was often bemused by what I found, so I will not try to tell you what you should make of observations like this. But it is not a one off, because written Hebrew is a puzzling language that lends itself to hidden meanings. Let me illustrate this with the simple words 'Father' and 'Son'.

The Riddle of Written Hebrew

Ancient Hebrew was one of the first language/s to be written using a phonetic alphabet, where each letter makes a sound and where letters spoken together make a word. But Hebrew used hieroglyphic pictograms for its original phonetic alphabet and what is so puzzling is that when you spell a Hebrew word using its ancient pictographic alphabet it often creates a picture that explains the word.

I will show you what I mean.

In Hebrew, the word for Father is *Ab* spelt with an Aleph-א followed by a Beth-ב. You'll find *Ab* at the start of a lot of names, like Abimelech, which means 'My Dad is the King'.

Now the name of the first letter, *Aleph* / אלפ derives from the root *Al* (or *El*) which denotes things that are powerful, come first or have leadership. *Al* / *El* is also the generic word for 'God' (who has all of these qualities) or a 'god' (who might have two out of three). As we have seen, the pictogram for the letter Aleph was a bull's head, 𐤀.

The name of the second letter in the word *Ab* / 'Father' is 'Beth' / נית, which means house or household. You can see the meaning in the names *Beth-El* which means 'House of God', or *Bethlehem* which means 'House of Bread'. The pictogram for Beth represents an enclosed space with an opening, 𐤁 or 𐤁. It was as much a tent as it was a fixed home.

When you put the two images together they represent the Ancient Hebrew concept of fatherhood, because a 'Father' / *Ab* / אב / 𐤁𐤀 was the 'first / powerful / leader-𐤀-of-the-household-𐤁'.

Now when we look at the word for son, *Ben*, it is spelt with a Nun-נ following the Beth-ב. The letter name 'Nun' / נון means to propagate, or figuratively to be perpetual or to continue. Its pictogram was a sprouting seed, 𐤍. Read as a hieroglyph, the word for a son, *Ben*, was a seed coming out of a house, 𐤍𐤁, because a son was the continuation of the household.

A 'father' is the 'first of the household', a 'son' is the 'seed of the household'. It is as though Ancient Hebrew was designed by a genius who loved wordplay, it is the ultimate language for cryptic crossword puzzles. It seems that God enjoys speaking in ancient riddles for us to solve.

Now if you've not seen this unique quality in Hebrew before it might feel a little unsettling; it could seem that the Gnostics were correct, and that you need special knowledge to really understand truth. But that is not the case. As I said in the introduction, the things we discern in the fuzzy fringes of our study should run in parallel with the core message of Scripture. Any cryptic truth we find should confirm, not overturn, what we already know.

You may like to start analysing words in this way for yourself. At the back of this book you will find a list of the Hebrew letters and their pictograms alongside information about their meanings and values.

To get yourself started use the list to work through the word for God's law, *Torah* / תורה. Meditate on what you find in its letters. I'll not try to tell you what you should find, the revelation and insight will be yours.

This is a good point to transfer some notes into your Bible

Prophecy

Prophecies are an important thing to mark in your Bible, many of them may be already, but there is more prophecy than we sometimes realise. To the Western mindset, prophecy is all about *foretelling*, but to the Ancient Hebrew mindset, prophecy was *forthtelling*, God speaking creatively into history in a way that shaped it. So when God spoke about the past, 'Out of Egypt I have called my Son . . .', **Hosea 11:1**, it created an echo through history that shaped the earthly life of Jesus too, **Matthew 2:14–15**.

So, I divide Prophecies into three types or styles: *Predictive*, *Ecstatic* and *Formative*. These three styles can overlap in a single prophecy, but each has its distinct flavour. The Prophecy icon is a speaking mouth, because 'God does speak', **Job 33:14**.

Predictive Prophecy

Predictive prophecy explicitly looks forward to events that will happen in the future. They contain elements that put limits and markers in place as to the timing and location of events as well as the details of those events.

> Behold days are coming, says the Lord, when I will raise up for David a righteous branch . . .
> **Jeremiah 23:5–6**

In their simplest form they simply assert that the things being described belong to the future. So David states at the end of **Psalm 22**:

> It will be told to the generations . . . to a people who will be born, that He has done it!

Sometimes predictive prophecies put God's fingerprints on a flow of events that are triggered by an unusual event. So the arrival of John the Baptist heralds the arrival of the Messiah:

> Behold I am going to send My messenger and he will clear the way before Me. And the Lord whom you seek will suddenly come into His Temple . . . **Malachi 3:1a**

Perhaps the most famous predictive prophecies are the incarnational prophecies. They start with:

> So the Lord Himself will give you a sign: Look a virgin will be with child and bear a son, and she will call him Immanuel. **Isaiah 7:14**

. . . and continue in **Isaiah 9:1–2** and **6–7** to unpack what is special about the virgin born 'son'.

Daniel gives us other examples of predictive prophecy:

In **Daniel 2:31–34**, Nebuchanezzer dreams about a large statue. The statue represented four empires that would dominate the world. The last is almost universally accepted by evangelicals as being Rome with its legs of iron and feet of iron and clay. (There is a minority view that sees this fourth empire as being Greece). The Roman Empire was founded on engineering ('iron') but with fatal flaws ('clay') that caused its division and downfall as Christianity spread.

In **verse 44**, Daniel looks forward to the emergence of Jesus into that context to establish a Kingdom which will never be destroyed:

> In the days of those kings shall the God of heaven set up a kingdom which shall never be destroyed . . . **Daniel 2:44a**

This time the timing is fixed as being 'In the days of those Kings', ie kings of the last kingdom, the Roman emperors.

Daniel also contains the most amazing predictive prophecy in the Old Testament: the date range for the ministry and death of the coming Messiah-Ruler.

Daniel's Weeks

Daniel 9:24–27a foretells events and timings of events over 500 years before they would happen. Daniel describes:

- A period of 70 sets of sabbath years (a sabbath year fell every seventh year) had been decreed by the Lord, **Daniel 9:24**, ie 490 years within which:

  - The problem of sin would be resolved

  - Everlasting righteousness would be released

  - Vision and prophecy would be fulfilled

  - The Messiah would be anointed

- This period would start as the word went out to restore and re-build Jerusalem, **Daniel 9:25a**

- The Messiah would appear after 'week' 69, ie after 483 years. By this time Jerusalem and the Temple will be fully functioning though times will be insecure, **Daniel 9:25b**

– The Messiah would then be killed before the end of the seventieth week, ie before the end of the 490th year, **Daniel 9:26a + 27a**

– The death of the Messiah would signal the end of the sacrificial system, **Daniel 9:27a**

– A coming ruler will then destroy the city and temple again, **Daniel 9:26b**

There are lots of arguments about this prophecy with various nuances and claims which are normally used to support secondary views, such as resurrection day being a Saturday rather than a Sunday. This is a shame as it detracts from the fact that almost everyone is agreed that, timing-wise, Jesus' death happened in the seventieth 'week'.

Broadly, there are two approaches to solving the timing of this prophecy. These can be thought of as a natural reading and a biblically interpreted reading of the prophecy. Adding to these major differences some minor arguments about the start and duration of the Regnal years can change the timings backwards and forwards by a year or so.

But all these variations give a window between AD 27 and

AD 40 for Jesus to have come and to have died. All options cover AD 33, my preferred date for the Crucifixion.

The Natural Reading

Jewish years were measured in lunar months. A typical year was 355 days long with months lasting 28–30 days but, in a period of 19 years, 7 leap months would be added. This gives an average year length of 365.3 days compared with the modern 365.25 days.

So a natural reading would just add 483 years to the date of the start event for this prophecy, the date the command went out to restore Jerusalem. This gives the date after which the Messiah would appear in Jerusalem. Before the 490th year the Messiah's work would be complete, but the Messiah would be dead.

Proponents of this approach look to Ezra's arrival in Jerusalem to spread the word given to him by Artaxerxes, **Ezra 7**. While this edict focused on the Temple, it was flexible enough to include the city in the renewal, and this is how it was interpreted. In **Haggai** and **Zechariah** we read about how the renewal of the city ended up taking precedence over the Temple.

This can be dated with confidence in late 457 BC. Adding 483 years to this start (losing a year moving from 1 BC to AD 1) gives a start date of Autumn AD 27 after which the

Messiah would come, and with His work completed by late AD 34. Those who date the Crucifixion in AD 30 favour this view.

The Biblically Interpreted Reading

Those who take a later Crucifixion date sometimes prefer an approach that uses the Bible to define the lengths of years to be used in calculating prophecy; and then takes the explicit edict to rebuild Jerusalem given by Artaxerxes to Nehemiah.

Pointing to passages in **Genesis 7** and **Revelation** which treat years as being made up of 12 × 30 day months, or 360 days, those taking this approach add years of this length to the first day of *Nisan* 445 BC which is their best estimate of the actual date the edict was written. This gives a start date of April 6th AD 32. If Jesus died in AD 32 then April 6th is when He would have ridden into Jerusalem as King. If He died in AD 33 it marks the start of Jesus' final year of ministry.

This approach is popular with dispensationalists who insert a gap between the end of week 69 and week 70, which is still to come.

There is a lot more to the predictive prophecy in **Daniel 9**; we will explore it in more detail in *Volume 11: Jesus in the Major Prophets* and *Volume 14: Jesus in the Silent Years.*

Conclusion

Predictive prophecies are perhaps the best understood and most studied way in which the Old Testament spoke about Jesus – but they are just the beginning of prophecy, and prophecy is only one way in which Jesus is revealed in the Bible.

Ecstatic Prophecy

Ecstatic prophecies are common in the Psalms where the psalmist is in a place of worship and therefore connected to heaven. During the Psalm, words that carry echoes of eternal events and truth break through into their songs. This is particularly true of the Cross.

In **Revelation**, Christ is described as 'the Lamb slain since foundation of earth', **Revelation 13:8** (KJV, YLT etc). But the quality of slain-ness continues forever on the eternal throne, **Revelation 5:6**.

The wound of the Cross has existed since before the foundation of the earth and will go on existing into eternity. The Crucifixion was an eternal event that happened in history; it was not just a symbol of something eternal, it was its full substance.

In ecstatic prophecies, eternal truth pushes into people's

experience and leaks through the pages of their stories.

A good example of this phenomenon is **Psalm 22**. Jesus' death on the Cross seeps into David's despair. We have already noted **Psalm 22** as predictive (see above), but it is best understood as an ecstatic prophecy.

I've listed some of the connections between **Psalm 22** and Jesus' Cross experiences below. There are more than I have listed, there is even a hidden reference to Jesus. We will cover this Psalm in more depth in *Volume 10: Jesus in Worship and Wonder*. For now, read the whole Psalm and make sure your Bible has the following cross references in it. If it doesn't, add them in yourself.

 Psalm 22

- **Verse 1:** 'My God, My God why have you forsaken me?' – Jesus' words on the cross. **Matthew 27:46, Mark 15:34**

- **Verse 7b-8:** 'They wag their heads, saying: He committed himself to the Lord, let Him deliver him . . .' – spoken by the priests. **Matthew 27:43**

- **Verse 14c:** 'My heart like wax has melted within me' – Jesus suffered a heart attack. **John 19:34**

- **Verse 15:** 'My tongue cleaves to my jaws' – on the Cross Jesus said, 'I'm thirsty'. **John 19:28**

- **Verse 16c:** 'They have pierced my hands and my feet.' **Matthew 27:35**

- **Verse 18:** 'They divide my garments among them, and for my clothing cast lots.' **Matthew 27:35, Mark 15:24, Luke 23:34, John 19:24**

- **Verse 30b-31:** 'It will be told to a coming generation . . . That he has done it!' – structurally close to Jesus' words on the Cross, 'It is finished', **John 19:30**

Another example of ecstatic prophecy is found in **Psalm 69**:

 Psalm 69

- **Verse 4:** 'What I did not steal, I have to restore . . .' Jesus pays the price for sins He hasn't committed. **Hebrews 9:28**

- **Verse 8:** 'I have become estranged from my brothers . . .' – Jesus is rejected in life by His literal brothers and more generally by His countrymen. **Mark 3:20–21**

- **Verse 9:** 'Zeal for your house has consumed me.' **John 2:17**

- **Verse 21:** 'They gave me gall for food and for my thirst they gave me vinegar to drink' – fulfilled on the Cross. **Matthew 27:48, Mark 15:36**

Outside of the Psalms, you may want to read the song in **Jonah 2**. **Verse 9** includes a hidden reference to Jesus. The phrase 'salvation is of the Lord' says in Hebrew 'Jesus to Yahweh' (see *Typology* section, page 39ff). It is as though the whole song is addressed to the Father from the Son.

In ecstatic prophecy, something of Christ's experience pushes into the worshipper's experience. So, although not every line of a Psalm describes the Cross, it is as though the 'ripples' of the eternal truth are picked up in the Spirit when the Psalmist is in a place of intimate connection with God.

Man is man because He mixed the earthly and the heavenly, **Genesis 2:7**. It is this tension in man as the joining point of heaven and earth that allows 'the mystery of Christ in us'. Although Paul tells us this was 'hidden in past times', **Colossians 1:26**, it was still there. It runs through the whole of Scripture. The Son was revealing the Father, even before the World knew the Son's name.

 This is a good point to transfer some notes into your Bible

In addition, meditate on the following verses which all express the Cross in an ecstatic prophetic manner:

> Psalm 34:19–20, 35:11–16, 38:9–12, 40:6–8, 41:8–12, 42:9–10, 55:12–14 etc . . .

As you add highlights and icons to your Bible, also make a note of anything you notice that particularly speaks to you!

Conclusion

Ecstatic prophecies touch the eternal and bring Christ's experience into the life of the worshipper.

However, there is also a place where an unusual event from the past can be tied to Jesus' experience and bring revelation in the opposite direction. These are what I call formative prophecies.

Formative Prophecy

Jesus was not born knowing everything He had known as God, nor all that He would need to know. He laid aside His divinity and was clothed in humanity, **Philippians 2:6–8**. Like us He needed to be formed and guided by reading Scripture and, as with us, Scripture would come alive to Him as He saw it reproduce itself in His own life.

When the Bible speaks through our own experiences it is perhaps because Christ lives in us. When it happened for Jesus it is likely that the words were recorded and written specifically to speak into Jesus' own formation.

For example, consider the words spoken over Jesus at His Baptism. It is made up of three sub-phrases:

- This is My Son

- My Beloved

- In Whom I am well pleased.

Each of these three sub-clauses comes with Old Testament meaning attached to it.

'My Son' was a Messianic title taken from **Psalm 2**.

'Beloved' is the name 'David' who was the proto-type for the Messiah, it is also the title of the royal bridegroom in the **Song of Solomon**.

'In Whom I am well pleased' is the way the Septuagint, the Greek version of the Old Testament (in use for 200 years prior to Jesus' birth) translated the phrase 'In whom my soul delights' from **Isaiah 42:1**. Interestingly this verse is not about the Messiah. It was about a different character in Israel's prophetic vocabulary, the Suffering Servant.

The passages referenced by the words spoken over Jesus

by the Father at His baptism all spoke to Jesus about how He should be, as much as who He was.

Read **Psalm 2** and **Isaiah 42:1–9**, and then think about Jesus' temptation in the wilderness just after these words were spoken over Him. Note down how they might have framed Jesus' inner dialogue as He worked out how to bring these two very different characters, the Conquering King and the Suffering Servant, together in His own life.

Note how:

- The **Devil** offers **Jesus** the Nations . . . but both the **Messiah** and the **Suffering Servant** are promised the Nations

- The **Devil** asks **Jesus** to prove his credentials . . . but the **Messiah** is 'My Son' by the Father's initiative not because of what He can do

- The **Devil** suggests Jesus cause a scene at the temple . . . but the **Suffering Servant** doesn't even shout or raise His voice

These passages of Scripture were formative for Jesus – they shaped the kind of Messiah He was going to be by their connection to His life events and personal prophetic words.

Isaiah 42 contains another phrase that spoke into Jesus' personal history. In **verse 6** God says: 'I, Yahweh, have called you . . . as a light for the nations'.

These were words spoken over Jesus by Simeon when He was brought to the temple as a baby '. . . a light of revelation to the nations', **Luke 2:32**. As well as being found in **Isaiah 42**, these words are more obviously a part of the prophecy in **Isaiah 9** which expounds the meaning of the virgin born child from **Isaiah 7**.

That child would grow up in Galilee, by the 'way of the sea' or in Latin, the *Via Maris*, the name the Romans gave to the road they built through the region hundreds of years later. This child would also be called Mighty God!

As Jesus grew in the knowledge of the Scriptures, He would have found Himself time and again in its pages, in passages that were not necessarily considered Messianic, but which matched His natural life. The words the young Jesus read would have encouraged Him, shaped Him and guided Him.

These are formative prophecies! I suspect we will continue to find these as we uncover more about life in first century Palestine and realise how more and more of the Old Testament would have spoken to Jesus.

Why not read all of the 'Suffering Servant' passages in Isaiah and then think about how they would have shaped Jesus' expectation of His Messiahship in the light of hearing His Father so clearly link the two characters.

You can find them in **Isaiah 49:1–13, 50:4–11, 52:13– 53:12, 61:1–3**.

Before we leave this subject it is worth reading the section of **Psalms** that were sung at the end of the Passover meal. Jesus would have sung words from **Psalm 114–118** just before He left for Gethsemane, **Mark 14:26**.

Think about how these words would have spoken to Jesus as the events of the evening and the next day unfolded . . . Let them sink into you.

There was strength, guidance and formation for Jesus in these prophecies to prepare and equip Him for His calling.

This is a good point to transfer some notes into your Bible

In this section, I've asked you to read and meditate on a lot of verses, so now is a really good time to transfer some notes and thoughts into your Bible.

Typology

T he next way we are going to consider Jesus in the Old Testament is through **typology**.

In broad terms, typology is a means of interpreting the Bible whereby an incident, story or object is seen to prefigure something found in the New Testament. While the type is a flat or two dimensional representation of the antitype – the solid object found in the New Testament – studying several types of the same antitype can help highlight truths we might miss without them. Types are clear examples of the *mashal* principal of drawing a deeper or spiritual meaning from a simple or natural story or object.

I've used Jacob's ladder as the inspiration for the typology icon.

Jesus of course is the most important antitype in the Bible and He has literally hundreds of types to focus our attention on the thousands of facets that make Him who He is.

I find it helpful to think of types in four major streams that interact with each other. There are . . .

> **Titles:** such as 'Son of Man'. However, a title might also designate a role such as 'High Priest' and such titles press into the idea of models.
>
> **Models:** these are objects that play a role that is ultimately filled by Jesus. For example, the Temple, Manna, the Tabernacle, etc.
>
> **People:** who pre-figure an aspect of Jesus' calling such as Samson who was a judge whose death defeated the enemy of God's people.
>
> **Events:** these are events in the history of Israel the nation that were recapitulated in Jesus' life.

Titles - some examples:

Son of Man: Jesus calls himself the 'Son of Man'. Most simply it means Jesus is the example human, but the title is used of an ambiguously human and divine character in the book of **Daniel, 7:13–14**.

The Nazarene: In the New Testament Jesus is called a Nazarene. The word *nazar* / נצר (#H5342) means 'a branch' and was an idea that was associated with the Messiah in the Old Testament.

Look at **Isaiah 4:2** and **11:1**, **Jeremiah 23:5** and **33:15**, **Zechariah 3:8** and **6:12** to see the Messiah revealed as a Branch.

The Word: John calls Jesus 'The Word'. 'The Word of God/ The Lord' appears as a title first in **Genesis 15:1**. Here 'the Word of the Lord', *Dabar Yahweh*, actually comes and speaks to Abram and shows him the stars.

 The 'Word of the Lord' is an active communication not just a passive message. We will look at this in more detail in the section about Theophanies / Christophanies on page 67.

Jesus / Salvation: The name Jesus is the Greek version of the name *Yoshua* or *Joshua*; the King James Version of the Bible actually calls the Old Testament character 'Joshua' 'Jesus' in **Acts 7:45** and **Hebrews 4:8**. Over the history of the Old Testament and into the New the spelling and pronunciation of the Joshua's name changed. Nehemiah at the end of the Old Testament period refers to Joshua as *Jeshua* or more properly *Yshua*, **Nehemiah 8:7**.

In Jesus' day the older spelling had dropped out of use, though it is likely that *Yshua* / ישוע was sometimes spelt as *Yshuah* / ישועה, as both forms are spellings of the underlying word 'salvation' (#H3444) from which the name comes.

Interestingly, we regularly find Jesus referred to in ancient Aramaic sources by two versions of His name spelt with just three Hebrew letters.

The second century Syriac version of the New Testament is called the Peshitta and is written in a language very close to the Aramaic spoken by Jesus. It differs from the Greek New Testament in one striking respect, it records Jesus' name as *Ysha* / ישע. Even today Jesus is known as 'Isa' in the Arabic world. It is likely that this preserves the way Jesus' name was spoken in Aramaic, perhaps as an affectionate diminutive version of Jesus' name. *Ysha* / עשי is a proper word, and it means 'salvation', as does *Yshua,* although it has a different Strong's number, #H3468 rather than #H3444.

Modern scholarship is recognising that nick-names and diminutives were as common and as popular in Jesus' day as they are in our own. Like today, the short version of a name, so affectionate in the mouth of a friend, can be a mild insult in the mouth of an enemy.

And so we find Jesus referred to in the Babylonian Talmud as *Yshu* / ישו. At one level this simply allows the compilers to distinguish the renegade Jesus from all the other approved rabbis also called *Yshua*. It is possible that the name *Yshu* also captures the rougher Galilean accent with its tendency to slur the vowels together.

So, it is interesting to note how the Talmud actually names five disciples of *Yshu* / Jesus using diminutives or nick-names for all of them too.

Four of the five we can easily identify with disciples in the Gospels. These four are:

- *Matthai*, short for Matthew

- *Naqqai*, short for Nicodemas

- *Todah*, short for Thaddaeus

- *Netser*, short for Nathaniel

The fifth disciples' name is *Buni* which seems to be a nick-name related to the Hebrew for son, *ben* / נב. We know that Jesus gave the nickname 'Sons of Thunder' to both James and John and we hear this nickname through the Greek letters as *boanerges*. The Aramaic was closer to *Bni rgesh* so it would seem that the Talmud's fifth disciple of *Yshu* is the shortened version of the nick-name that Jesus gave to either James or John.

In the Talmud, all five are condemned to death by quoting a verse from the Old Testament which contained a word related to the meaning of the shortened version of their name. So *Buni* is condemned by the verse:

> Behold I will kill your son [ben], your firstborn.
> **Exodus 4:23**

Thaddeus whose short-name, *Todah* means 'thanksgiving' or 'worship' has to be sacrificed because:

> Whoever offers a sacrifice of thanksgiving [*todah*] glorifies me [*YHWH*]. **Psalm 50:23**

I've taken a short detour into modern Scholarship on the New Testament, to demonstrate that there are several ways in which we might find an Old Testament image connected to Jesus through a form of His name.

 There are 5 ways of spelling Jesus' name, and therefore five possible ways in which we might see or even highlight 'Jesus' in the text of the Old Testament:

- *Yoshua* / יהשוע / #H3091
- *Yshuah* / ישועה / #H3444
- Yshua / ישוע / #H3442 & #H3443
- Ysha / ישע / #H3467 & #H3468
- Yshu / ישו / No Strong's Number

It is unlikely that Jesus was known as *Yshu* by His friends or that He would have noted it as a form of His name as He learned the Scriptures. But the discussion of *Yshu* and His diminutive disciples in the Talmud illustrates the way in which Hebrew writings and culture enjoyed and practised wordplay with people's names.

What is fascinating is how a verse is changed once we see it connected to Jesus by using His name.

We will focus on Jesus' full name in the way it was most commonly spelt in His day, Yshua / ישוע, but we will not ignore the other possibilities, especially Ysha / ישע . Jesus would have noticed His name every time He read it.

Reading 'Salvation' as Jesus . . .

Isaiah 62:11b becomes:

> See your Jesus/ ישוע comes; see his reward is with him and his work is before him.

Notice how God's salvation is personified; he comes with a reward, and he has a work.

In Habakkuk 3:13 we actually find the full name and title 'Jesus Christ' in the text separated only by the *AT* / את, the sacrifice on a cross:

> You went forth for the salvation / ישע of your people, for Jesus Christ / ישע את משיח / salvation anointed.

Now back to **Psalm 22:1** . . . After the words quoted by Jesus on the Cross, 'My God, My God why have you forsaken me?', David continues with four words. Most English translations add extra words to say something like: *'Why are you so far from helping me and from the words I'm crying out'?*

The four words in Hebrew are: *rachowq* – 'you are far from'; *yshua* – 'your salvation' or 'Jesus'; *dabar* – 'word', and *shehagah* – 'roaring' or 'crying out'.

So **Psalm 22:1** could be read:

> My God, My God why have you forsaken me?
> You are far from your Jesus, the word crying out

which tells us even more fully how Jesus was feeling as He cried out on the Cross.

Models – some examples

Just as the New Testament links Jesus to various titles in the Old Testament, it also links Him to various models. The model is the type, Jesus the antitype.

Sacrifices: Much of Leviticus is devoted to describing the sacrifices. It deals with different types of sin and how they are covered by the different sacrifices. These shed light on

Jesus' ultimate sacrifice on the Cross.

Manna: The Manna became the provision of God for His people and is a type of Jesus – the Bread of Heaven/Life **John 6:35, 50–51**.

The Ark: The Ark was God's throne on earth and the carrier of His presence; it was the 'mercy seat' of God's grace. Paul refers to Jesus as the mercy seat in **Romans 3:25** using the same Greek word used by the Septuagint in **Exodus 25:17** etc.

The Ark contained three symbols of Israel's rebellion: Manna, Aaron's Rod and the Law. These spoke at the same time of God's grace in provision, resurrection and promise.

The Temple: In the twentieth century Jewish scholars noticed that the Temple seemed to be modelled on a man sleeping on his back. The obvious candidate for this hidden man is, of course, Jacob / Israel but Jesus is the Chief Cornerstone of a new Temple, **1 Peter 2:6–8**, and spoke of His own body as the Temple, **John 2:19**.

People types – some examples:

People in the Bible often acted as types of Christ with elements of their lives or their roles reflecting aspects of Christ.

For some, their Christ-likeness comes from an inner quality and unique history: Isaac is an 'only son' who submits to his father's plans to sacrifice him; Joseph is a favoured son who 'dies' and 'rises again' to save the whole world. But many others bring a quality to a role that is fulfilled in Jesus.

Saviours: The book of **Judges** has 12 Judges and 7 Saviours. In the Bible, 12 is a number associated with government and 7 is the number associated with God's completion of something.

Each of the saviours in **Judges** shows us a different aspect of saving power and point to the depth and breadth of Salvation'in Jesus.

For example:

> *Samson:* a foretold saviour, consecrated from birth, and who was, in the end, submitted to a public display of humiliation and yet, in his own death, freed God's people.

> *Ehud:* a physically impaired man, who tricks Israel's occupying over-King, using his left hand to slay him. It was Jesus' surprise strength in His weakness that dealt a surprise victory blow to the enemy!

There are also saviours outside the book of **Judges**, Noah and Joshua for instance.

Redeemers: There are also redeemers like Boaz who buys the right to marry Ruth, **Ruth 4:9–11**. Or Hosea who buys back his own wife, **Hosea 3:1–2**. Just as Jesus redeems His own Bride.

Priests: Aaron, Jeremiah, Ezekiel etc. In particular Joshua the priest is linked to the revealing of the 'branch', the real Temple re-builder, **Zechariah 6:11–13**.

Also note Melchizedek whose name means 'King of Righteousness' and who is the King of Salem (King of Peace). Melchizedek meets Abraham with bread and wine.

Kings: David the incarnate Messiah and Solomon the ascended Messiah.

Prophets: For example Elijah and Elisha model God the Father and God the Son.

Elijah means 'God is Yah' and Elisha means 'God is Ysha' or salvation, ie 'God is Jesus'.

Villains: A character doesn't have to be virtuous to model Christ. Absalom for instance is:

- A son of David, **2 Samuel 3:3**

- Without blemish, **2 Samuel 14:25**

- He rode a mule just before he died, **2 Samuel 18:9**

- He died hanging on a tree, **2 Samuel 18:9**

- With a pierced side, **2 Samuel 18:14**

- His death was 'good news', **2 Samuel 18:25–26**

Events - recapitulated in Jesus:

Recapitulated history confirms Jesus as the fulfilment of Israel. It also links Jesus' life to formative prophecies.

Jesus was the son called out of Egypt, **Hosea 11:1**, and the vine plucked from Egypt, **Psalm 81:8–10**. He was the cause of Rachel's grief in Ramah, **Jeremiah 31:15+22**.

Less obviously, Jesus' own life followed patterns already found in Scripture, compare **John 4–8** with **Exodus 14–19**, see the table on the next page.

This is a good point to transfer some notes into your Bible

Comparison of Exodus 14–19 with John 4–8

Exodus	Common Theme	John
14:1–15:21	Baptism through the Red Sea – Jesus' disciples baptise in the Jordan	4:1–2
15:22–16:2	Marah and the Elim Oasis – The Samaritan Well	4:5–42
16:3–21	Manna – Feeding the 5000 and the Bread of Life sermon.	6:1–51
16:12–13	Grumbling and provision of meat/flesh	6:51–59
17:1–7	People grumble – People and disciples are offended	6:52–71
16:22–30	Sabbath instigated and observed – Sabbath 'violated'	5:1–17 7:21–23
17:1–7	Water provided – Water of Life sermon.	7:37–38
17:8–16	Conflict and threat	7:1–20
18:13–27	Moses /Jesus as judge and teacher	7:24 8:1–12
19:9	God is seen in the cloud – God is seen in Jesus	8:13–59

Teaching

We find a large amount of Jesus' teaching in the Old Testament and, even when a story is original to Jesus, we will often find it alludes to or draws on Old Testament and Inter-Testamental ideas.

I've made the *Teaching* icon a book.

Jesus says, 'Wisdom is vindicated by all her children' **Matthew 11:19**. This is a quotation from an Inter-Testamental book called *Ecclesiasticus*, or sometimes *Sirach* after its subtitle: *The Wisdom of Jesus, son of Sirach*.

Jesus was clearly identifying himself with Wisdom or at the very least as the wise child.

In the book of **Proverbs**, the Wisdom of God is personified as a unique character. It is this personification that gives John the inspiration to his Gospel:

> In the beginning was the Word. **John 1:1**

Proverbs 8:22–31 links personified-Wisdom to the Messiah by the use of an anointing word, 'poured out'/ 'consecrated' at the start of **verse 23**:

> I was consecrated from everlasting, from the beginning, before the earth existed.

Jesus was the Messiah from the beginning. While Proverbs personifies Wisdom in the feminine form, God isn't male or female: there are names of God in the Old Testament that are masculine and others that are feminine.

Jesus is The Word of God (masculine) and the Wisdom of God (feminine).

Teaching from the Old Testament

As personified Wisdom it should not surprise us to find a lot of Jesus' teaching in the 'Wisdom' books of the Old Testament: **Job**, **Psalms**, **Proverbs**, **Ecclesiastes** and **Song of Solomon**.

Old Testament Precedents for the Beatitudes

Matthew	Beatitude	Old Testament
5:3	Blessed are the poor in spirit! For theirs is the Kingdom of Heaven.	Isaiah 57:15, Ecclesiastes 7:8, Psalm 34:6–7+18
5:4	Blessed are those that mourn! For they shall be comforted.	Ecclesiastes 7:2–3, Isaiah 61:2
5:5	Blessed are the meek! For they shall inherit the earth.	Psalm 25:12–13, 37:9–11
5:6	Blessed are those who hunger and thirst after righteousness! For they shall be filled.	Proverbs 10:24, 21:21, Psalm 63:1–5
5:7	Blessed are the merciful! For they shall obtain mercy.	2 Samuel 22:26, Psalm 18:25, Proverbs 11:17, 14:21
5:8	Blessed are the pure in heart! For they shall see God.	Job 19:26, Psalm 24:4–6, 73:1
5:9	Blessed are the peace-makers! For they shall be called the sons of God.	Psalm 34:14, 37:37, Proverbs 16:7
5:10	Blessed are they who have been persecuted for righteousness sake! For theirs is the Kingdom of Heaven.	2 Chronicles 36:16, Proverbs 10:25+30, 11:28–31, 12:3+7

So we see that Jesus' most famous sermon, the Sermon on the Mount, starts with eight blessing statements called the Beatitudes, which all have precedent in the Old Testament generally and in the Wisdom books in particular.

Allusions and Illustrations from the Old Testament

The ideas, events and objects used by Jesus in His teaching also find their definition in the Old Testament stories. This gives us more information and meaning for the events of Jesus' life and the stories that He told.

Passover cups – Exodus 6:6

When Jesus inaugurated the communion meal He would have taken one of four cups on the Passover table (or possibly a single cup that was filled four times during the meal), **Matthew 26:26–29, Mark 14:22–25, Luke 22:17–20.**

These four cups represented a four-fold promise based on the wording of **Exodus 6**:

> . . . I am *YHWH*, and I will bring you *out from under the burdens* of the Egyptians, and I will *rid you out of their bondage*, and *I will redeem you* with an outstretched arm, and with great judgments, *and I will take you to me* for a people, and I will be to you a God. **Exodus 6:6–7a**

The promises of God to the people symbolised by the four cups were:

- God would bring the people out from under a burden

- God would bring people out from bondage

- The people would be redeemed by great acts

- The people would become God's people and He their God

These four promises are still true in the Cross that the single cup now commemorates.

The Vineyard of the Lord – Isaiah 5:1–7

Jesus told a parable about a vineyard whose stewards beat and murdered first the owner's messengers and then his son. He was adding detail to a parable already told by Isaiah.

While Jesus focuses on a warning to the vineyard's current stewards, Isaiah sees the complete end of the vineyard itself. Isaiah's destruction is implicit in Jesus' prophetic story even though it is not spelt out. A truth fulfilled in AD 70.

Gehenna and Bridegroom – Jeremiah 7:30-34, 16:9, 25:10, 33:11

Jesus referred to Himself as the *'Bridegroom'* in all four

Gospels. The Messianic idea of the bride and groom develops through the New Testament and finds a happy fulfilment in the book of Revelation. But the first time Jesus refers to the bridegroom is in the context of a time to mourn when the bridegroom is taken away, **Matthew 9:15, Mark 2:19–20, Luke 5:34–35**.

Jesus is drawing from the image in **Jeremiah** where the loss of the bridegroom, and the celebrations that go with it, is a sign of the destruction of Jerusalem.

Another sign of this destruction is the filling of the Valley of Hinnom with dead bodies. The 'Valley of Hinnom' gives us the word Gehenna sometimes translated as 'hell' in English Bibles.

If we hear Jesus' teaching through the ideas with which His listeners were familiar, rather than through 2000 years of Christian teaching, we will understand them differently.

In Jesus' day, nobody had linked the idea of the bridegroom to the Messiah; the bridegroom stood as a warning of judgement, as did invoking the 'Valley of Hinnom'.

So, when we hear these words in the mouth of Jesus, we should understand them as an immediate warning of the consequences of His own removal, before we think about their eschatological implications.

Josephus tells us that the Valley of Hinnom was filled with Jewish bodies after the siege of Jerusalem in AD 70. The Early Church Fathers also tell us that most Christians were unharmed as they had heeded Jesus' warning in **Matthew 24** and had fled the city at the first sign of trouble.

At the end of **Jeremiah**, Jerusalem is re-built and the bridegroom is back, so there is an end-times element too.

Gold, Frankincense, Myrrh – Song of Solomon 3:6

Following on the theme of the bride and groom, we find the gifts that were given to the new-born Jesus, gold, frankincense and myrrh, are all present on the wedding day of the King and his bride in Song of Solomon.

> Who is this who comes up from the wilderness like pillars of smoke, perfumed with myrrh and frankincense . . ? It is the chair of Solomon . . . its support is Gold . . . **Song of Solomon 3:6,10**

The union of God and Man has started already!

This is a good point to transfer some notes into your Bible

Jesus' Household

I use a house icon to mark Jesus' ancestors.

Jesus' ancestors infuse every book of the Old Testament, sometimes it is the reason a story has been included. This is the case with Ruth but also with Onan, the poor man who gets struck dead for 'spilling his seed on the ground', **Genesis 38:8–10**. Taken out of the context of Jesus' ancestry, this story has been used in all sorts of unhelpful ways but, from the perspective of God's salvation plan in Christ, Onan's refusal to raise a son for his dead brother is a spiritual battle. This is the family that carries the line of the promised Messiah!

Jesus has two genealogies in the Gospels: one in Matthew, which traces His right to the throne of David through Solomon from Joseph and then back to the promises given to Abraham; the other traces Jesus' physical lineage back from Mary through Nathan to David and all the way back to Adam.

Carriers of Promise and Prophecy

The fact that Jesus' lineage can be traced back through Mary as well as Joseph helps resolve and make sense of both prophetic promises and judgements made into David's line.

A sign for the house of David – Isaiah 7:13–14

Perhaps the most famous prophecy about the Messiah is contained in Isaiah:

> Behold a virgin will conceive and be with child.
> **Isaiah 7:14**

But we often miss that this is a sign given explicitly to the 'house of David', **Isaiah 7:13**.

A virgin birth is not a good sign to convince the general population of the importance of a child. The people of the ancient world were not naïve as to where babies came from. A virgin birth was a sign that could only really be known to be true by the mother who carried the child. It could also help her immediate family if they were aware of a prophecy into their family that prepared them for its possibility.

Mary, as a direct descendant of David, was the main recipient of Isaiah's word. She was the only person who knew first-hand how Jesus was conceived. Everybody else received this by faith (or not).

A Problem for God – Jeremiah 22:24–30

Mary also solves a problem God seems to have given Himself in His judgment of Jeconiah/Coniah, the last 'King' of Judah. Jeconiah is in line of David, he is the rightful king and carries all the promises of the Messiah coming through him, but God says:

> Even though Coniah . . . is a signet ring on my right hand, still I will pull him off

then continues:

> Write him down as childless . . . none of his descendants will prosper sitting on David's throne. Jeremiah 22:24+30

This creates a problem. The coming King is David's son and the right to Kingship belongs to a man whose descendants will not prosper as Kings.

Two generations later God restores the right to rule to

Jeconiah's grandson Zerubbabel, but as governor not as King:

> 'I will make you a signet ring, for I have chosen you' declares the Lord of hosts. **Haggai 2:23**

Jeconiah appears In Matthew's genealogy along with Zerubbabel, **Matthew 1: 11–13**. He is in Joseph's lineage and so confers the right to Kingship affirmed in Zerubbabel through Joseph's line.

As Jesus' adoptive father, Joseph confers the right to David's throne to Jesus. But as we have seen, Jesus' physical descent from David is traced through Mary via Nathan not Solomon.

Jesus is the legal heir to David's throne, but not a descendant of Jeconiah.

Revealing Hidden Prophecies

Jesus' ancestors don't just carry prophecy. There is also a sense in which they are prophecy.

For instance, if we look at the names in Mary's genealogy from God to Noah and translate them into English we read a summary of Jesus' earthly life:

- Elohim : 'God'
- Adam: 'Man', but in Akkadian means 'Producer' / 'Maker' / 'Builder'
- Seth: 'Is appointed'
- Enosh: 'Mortal (man)' / 'Failing'
- Kenen: 'Begotten', 'Sorrowful' or 'Dwelling place'
- Mahelel: 'The Glory of God'
- Jared: 'Descends'
- Enoch: 'A teacher' / 'Dedicated'
- Methuselah: 'His death shall bring'
- Lamech: 'Wild man' / 'Depraved' / 'Humbled'
- Noah: 'Rest' / 'Comfort'

Put together this reads:

> God, a producer-maker-builder, is appointed as a mortal dwelling place, begotten and sorrowful. The glory of God descends to dedicate / a teacher. His death shall bring the depraved / humble rest.

In earthly life Jesus was a *tekton* which, while translated as 'carpenter' in English Bibles, is more correctly a 'builder'.

You can find other hidden prophecies in the names of Jesus' ancestors as they appear in the Old Testament. These will be covered in subsequent books, but you could start trying to work them out for yourself.

Trinity and Divinity

I've used a three-petal motif as my icon for marking where the Old Testament reveals Jesus' divinity.

The New Testament reveals God as Father, Son and Holy Spirit – three distinct persons in one. It is a complicated truth, but one that resolves all sorts of philosophical issues once accepted. But that is beyond our scope here.

Although made explicit in the New Testament, the Old Testament is itself full of references to God's multi-unity and to the divinity of the Messiah.

The Majestic Plural

The name of God is *Elohim*: see **Genesis 1:1+26, 3:22, 20:13, Isaiah 6:8** . . .

Elohim is the plural form of the noun *El* meaning 'god' or 'power' but, as a name, it is used with singular verbs so the name has plurality in unity. The idea of the Trinity appears in the first verse of the Bible.

> In the beginning Gods / Elohim He – created the heavens and the Earth. **Genesis 1:1**

Elohim the plural-God then speaks to Himself:

> Let *Us* make man in *Our* own image.
> **Genesis 1:26**

God's habit of addressing Himself in the majestic plural starts in Chapter One of the Bible but appears right through the Old Testament, for example 'Whom shall I send and who will go for Us?', **Isaiah 6:8**.

Sometimes God's perspective seems to shift half way through a verse:

> They will look on Me whom they have pierced and mourn for Him as for an only son . . .
> **Zechariah 12:10b**

> He *[YHWH]* hears your grumbling against the Lord, and what are We that you grumble against Us? **Exodus 16:7**

God has other plural aspects too. He has 'faces', often

translated as the word 'presence' in English Bibles, and He has 'voices' often translated as 'the sound'.

> And they heard the voices / sound of *YHWH* God walking in the breeze of the day and the man and his wife hid themselves from the faces / presence of *YHWH* God . . . **Genesis 3:8**

Jobs and Titles

Some of Jesus' titles and roles as described in the New Testament belong uniquely to God in the Old Testament.

Compare **2 Peter 1:1+11** and **Titus 2:13** in which Jesus is the Saviour, with verses such as:

> Besides me there is no Saviour. **Isaiah 43:11**

And **Galatians 3:13** and **Titus 2:14** in which Jesus is the Redeemer, with:

> Thus says the Lord, the King of Israel AND His Redeemer, The Lord of Hosts: I am the first and the last and there is no God beside me. **Isaiah 44:6**

In **Isaiah**, the Redeemer is called the 'Lord of Hosts'. God is also called the 'first and last' and we have already seen this title is given to Jesus in **Revelation 1:17** and **2:8**.

Other examples of titular or functional identity include:

- Jesus / God is a rock to stumble over, **Isaiah 8:14**

- Jesus / God judges the nations, **1 Samuel 2:10**

- Jesus / God is the good shepherd, **Ezekiel 34:11–17**

Whenever we meet one of these titles or roles in the Old Testament we should see God acting through the pre-incarnate Christ.

Then of course even when He is incarnate:

> A child will be born to us, a son will be given . . .
> His name . . . Mighty God, Eternal Father, Prince
> of Peace. **Isaiah 9:6**

Notice how in this verse the Son is 'given', not 'born', which is why He is called Mighty God and Eternal Father.

The incarnation is not an idea unique to Isaiah. In particular, Job argues throughout his book that God needs to be incarnate to be a fair judge of men, **Job 19:25–26**.

The Holy Spirit

When considering the Trinity we should also note occurrences of the Spirit of God, Who appears explicitly from verse 2 of the Bible. In the Old Testament the Holy Spirit operates in a similar way to the way we see Him / Her in the New Testament.

See: **Genesis 6:3**, **Judges 13:25**, **1 Samuel 10:10**, **16:13**, **Ezekiel 11:5**, **Zechariah 4:6** and many, many more.

As Father, Son and Holy Spirit

Remember that Jesus' name variant *Yshua* appears as the word 'Saviour' in the Old Testament. You can even find passages that mention all three members of the Trinity. For instance in **Isaiah 63** we read:

- So he became their Jesus [Saviour], **verse 8**

- Where is He who put His Holy Spirit within them?, **verse 11**

- You oh Lord are our Father, **verse 16.**

This is a good point to transfer some notes into your Bible

Christophanies

The transcendent God is only known by His communication, His Word to us. So, whenever God is experienced in the Old Testament, we are to understand that Jesus, the Son, was mediating Him even then. The visible appearances of the invisible God are called **Theophanies** or **Christophanies**. I've illustrated them with a flame, which is a common manifestation of God. Think of the burning bush or the pillar of fire.

The icon is useful, but it is often more helpful to highlight a whole block of text using your colour of choice. This is because a single verse might tell you that God has appeared, but God then speaks for several chapters. So it is often helpful to see that a verse is being delivered face to face by outlining the whole conversation.

For instance, **Exodus 20:1 through to the end of chapter 31**, with just an eight verse break in the middle, is delivered in the midst of divine-human dialogue which includes various physical manifestations: thunder, lightning and smoke, **20:18**; in human form, **24:10–11**; as glory, **24:16**; and God's finger, **31:18**.

Some Star 'Preformances' by God

As three angels, **Genesis 18:2**. These three speak at the same time and act as one unit, **Genesis 18:8–10**.

In the burning bush as 'I am I am', Exodus 3:14. This is also a phrase that Jesus uses of Himself.

In John's Gospel particularly, Jesus unnecessarily doubles up His words, using the phrase *'ego eimi'* or 'I, I am':

> But He said to them, 'I, I am, do not be afraid.'
> John 6:20

See also:

- – I, I am the Door, **John 10:9**

- – I, I am the Good Shepherd, **John 10:11**

- – I, I am the Bread of Life, **John 6:35**

God is also in the 'glory' that knocks you over – 2 Chronicles 5:14.

In **John 18:6**, when the guards come to arrest Jesus, they ask, 'Are you Jesus?' As Jesus replies 'I, I am', the guards fall over – His divinity is so strong they cannot stand!

He is in the cloud – Deuteronomy 31:15.

- Jesus is wrapped in cloud at His transfiguration, **Matthew 17:5**, **Mark 9:7**, **Luke 9:34**

- Jesus ascends in cloud, **Acts 1:9**

- Jesus will come again in clouds, **Matthew 26:64**, **Mark 14:62**.

As The Word of The Lord / God the Word – Genesis 15:1–21, Jeremiah 7:1 etc

We have already seen how *Dabar YHWH* equates to 'The Word' at the start of John's Gospel. As 'The Word', God shows Abraham the stars, **Genesis 15:4–5**, and wrestles with Jacob, **Genesis 32:24–30 + 1 Kings 18:31**.

As The Angel of the Lord – Exodus 3:2, Judges 13:13 etc.

The Hebrew root of the word 'Angel' or 'messenger' means 'a walker', ie someone who carries a message for you. So, 'the Angel of the Lord' is literally 'the Lord's Walker', ie God's feet on Earth. The Angel of the Lord is treated as God himself, **Judges 13:22**.

This is a good point to transfer some notes into your Bible

Conclusion

This introductory volume is a start only! It has deliberately left you with work to do after highlighting something to explore.

Follow-on volumes will cover the whole of the Old Testament in far more detail (there is a list of coming titles on page 90). But if you take time to read the verses referenced in these notes, to think about them in the light of Jesus and then about the light they throw on Jesus, you will start to catch a sense of why the Bible is written the way it is and why it contains the stories it does.

Now, there is an interesting shape to the Old Testament, which I've represented in the table on the next page. The Old Testament starts with 17 Apostolic books, they tell us about the people God sends to shape and lead history towards Jesus. Then the Old Testament ends with 17 Prophetic books, which capture a divine perspective on that same history. The New Testament refers to the Old as 'The Law and the Prophets'. Now these two arms are joined together under the Wisdom books which capture a divine philosophy for every aspect of life, from suffering, love, sex, parenting, work life and old age. There is no end to the things you can discover through the Bible!

But Paul tells us we are transformed as we see Jesus' image. I've met those that read the Bible but don't seem to have been transformed by it – perhaps because it has not shown them Jesus. I've also met some wonderful people and I've noticed that they tend to see Jesus in the most obscure Biblical ritual and metaphor. So this is more than just an academic study.

To fully understand the Old Testament in the light of Jesus is a task too big for any of us to complete in our lifetime. But together we can mine more truth than has yet been excavated from the Living word about the Living Word.

. . . this brings us to the end of the introductory volume in this series. We will pick up the story of Jesus in the Old Testament in the next volume:

2

Jesus in the Beginning

Creation & Primeval History

Genesis 1–11

The 39 Books of the Old Testament

17 Books in the History / Apostolic Stream

- **5 Mosaic Histories**
  - Genesis
  - Exodus
  - Leviticus
  - Numbers
  - Deuteronomy
- **12 National Histories**
  - **9 Pre-Exile**
    - Joshua
    - Judges
    - Ruth
    - 1 & 2 Samuel
    - 1 & 2 Kings
    - 1 & 2 Chronicles
  - **3 Post-Exile**
    - Ezra
    - Nehemiah
    - Esther

5 Books in the Wisdom Stream

- Job
- Psalms
- Proverbs
- Ecclesiastes
- Song of Solomon

17 Books in the Prophetic Stream

- **5 Major Prophets**
  - Isaiah
  - Jeremiah
  - Lamentations
  - Ezekiel
  - Daniel
- **12 Minor Prophets**
  - **9 Pre-Exile**
    - Hosea
    - Joel
    - Amos
    - Obadiah
    - Jonah
    - Micah
    - Nahum
    - Habakkuk
    - Zephaniah
  - **3 Post-Exile**
    - Haggai
    - Zechariah
    - Malachi

Appendix –
The Hebrew Alphabet

Meaning in every Jot and Tittle

In His seminal sermon, the Sermon on the Mount, Jesus tells His disciples to pay attention to the Old Testament's letters and even the ways they are written.

> Truly I tell you, until heaven and earth pass away, not one jot or tittle of the Law will pass, until it is all fulfilled. **Matthew 5:18**

The Greek word for 'jot' is *Iota* / ἰῶτα which is the smallest letter, and for 'tittle' it is *keraia* / κεραία, which refers to the hooks and serifs with which letters were written.

As we progress through this series we will often explore a text by its letters and even the way in which they are written. The following table is a reference for the later volumes.

The table displays the Hebrew alphabet or 'aleph-beth' in order. In the **left-hand column** each letter is given its name and its modern *glyph* (representation), which is ostensibly the same as was being used in Jesus' day. Below the main glyph, you'll find a selection of *pictograms*, older pictographic versions of that letter. There is not yet a definitive timeline for the use and development of pictograms through to the glyphs, but I have put the older forms on the left moving toward more modern on the right.

Below this I have put the numeric value assigned to the letter by the ordinal and standard forms of *Gematria*, which is the practice of assigning a value to a word by enumerating the letters. The ordinal and standard forms of Gematria were known to the Early Church and are used in the New Testament. Its use is ascribed back to Ezra's scribes who calculated the gematric value of portions of Scripture to ensure accuracy in copying and transmission. The first documented use of Gematria is in an inscription from the Assyrian ruler Sargon II (727–705 BC). While strange and esoteric to us, it was a common way for the ancient world to think.

The **right-hand column** gives the history of the meaning of each letter. At the bottom is a list of meanings running left to right, starting with the most concrete and ending with the more abstract. Some words are described as 'root' words – these are words that Hebrew modifies to produce related words. An 'adopted root' is a word that is both a root and a word in the family of an older 'parent root' word. To fully understand the meaning of a word we need to consider its family. I have included some Strong's numbers in the format (#H9999) for easy cross-referencing. An *ancient* Hebrew word often has several Strong's numbers, each one reflecting a different use or later vocalisation, so a word might have more than one number listed.

א
ב
ג
ד
ה
ו
ז
ח
ט
י
כ ך
ל
מ ם
נ ן
ס
ע
פ ף
צ ץ
ק
ר
ש
ת

I will sometimes refer to the *symbolic meaning* of a word, by this I mean a phrase or description that can be seen by connecting the meanings of each letter that makes up the word. We have already seen that the *symbolic meaning* of Father / Ab / אב was 'strength-of-the-household' or 'first-of-the-household'.

The Hebrew Alphabet

Aleph-א

Pictographic development

1st of 4 vowels (breaths)

Numeric value

Ordinal: 1

Standard: 1 / 1000

The word *Aleph* / אלף means *a* **thousand** (#H505). Its parent root *Al* / אל means **strength**, **power**, **chief**, **biggest** and even **god**. As an adopted root Aleph / אלף produces the words for a **herd of oxen**, to **teach** and to **learn** – if you have a thousand livestock, there is a lot of training to be done!

The letters of Aleph, פ-ל-א can symbolically mean: '**the-first-to-speak**' (see Lamed-ל and Pey-פ).

The pictogram for Aleph-א is a horned livestock animal, 𐤀, usually understood to be a **bull**. However, it could also be a **ram**, because 'ram' / *Ayil* / איל, is part of the same word family as *Aleph* / אלף.

Our letters 'a' and 'A' are rotations of the pictogram 𐤀.

Aleph-א is the first consonantal vowel or 'breath'. It produces the sounds we associate with both 'a' and 'e'. As a number Aleph-א can be both 1 and 1000.

***Meanings** (Concrete to Abstract):*
Ox > Bull > Ram > Sacrifice > Strength > Power > Leader > God > First > Thousand

Beth-ב

Pictographic development

Numeric value

Ordinal: 2

Standard: 2

The word *Beth* / בית means **house**, **tent**, and even **temple** (2 Kings 11:10), but it can also mean **household** or **family** (#H1004). In the New Testament a blending of people and structure is found in the word Beth / בית, with God's children being built into a spiritual house, 1 Peter 2:5.

The letter Beth-ב is an important prefix in Hebrew. Adding Beth-ב to the start of a word adds 'in', 'with' or '**by**' (as in **next to**) to a word. As such it is the first letter in the Bible: '*In the beginning . . .*'

The symbolic meaning of the letters ת-י-ב of *Beth*, the **household**, could be: in-the-work-of-the-cross (see Yod-י and Tav-ת).

Beth-ב's older pictograms show the floor plan of a simple tent or house: an enclosed space with a doorway. Over time the door space became a flap on the side of the tent. The modern glyph is still a square space, but now with a fully open side, ב.

Rotating the pictograms from the middle period, 𝄢 𝕹 𝕵, gives us our letter 'b'.

Meanings *(Concrete to Abstract):* Tent > Temple > House > Household > Family > In > With > Next to

Gimel-ג

Pictographic development

The word *Gimel* / גמל is an adopted root. The parent root *Gam* / גם means a **gathering of**, **assembly of**, but is also used to **join things into a group** in the same way the English words '**also**' and '**both**' do. The Greek letter name, *Gamma* comes from *Gam*. The full word, *Gimel* / גמל can be either a **reward** / **payment** or a **camel** (#H1580/1). The English word 'camel' comes from *Gimel*, but it is thought that the word originally encompassed all larger livestock, giving us the word **cattle** too.

The pictogram for Gimel-ג depicts a leg with a

א
ב
ג
ד
ה
ו
ז
ח
ט
י
כ ך
ל
מ ם
נ ן
ס
ע
פ ף
צ
ק
ר
ש
ת

Numeric value

Ordinal: 3

Standard: 3

foot, and the modern Hebrew letter still reflects this. So, the Gimel-ג represents walking. Perhaps Gimel became camel because a camel was an animal that did your walking for you.

Symbolically, the three letters of Gimel, ג-מ-ל represent **walking-to-water** (see Lamed-ל and Mem-מ). A watering hole is a place where people and animals do gather together, which is the meaning of the parent root.

***Meanings** (Concrete to Abstract):* Foot > Leg > Camel > Reward > Walking > Gathering > Assembling Together

Daleth-ד

⊡ ⊡ ⊡ 𝟫 𝟅 ⟑

Pictographic development

Numeric value

Ordinal: 4

Standard: 4

The word *Daleth* / דלת means **door** (#H1817). It comes from the root *dala* / דלה which means to **dangle**, **draw** or **pull**, so *Daleth* is a hinged door, not just a doorway. The modern Hebrew letter still reflects ancient doors which were hinged at the top. As such the word Daleth / דלת can also be used for things that **dangle** or **hang down** and can be translated as **poor** or **impoverished**.

Daleth-ד's older pictograms were both square, ⊡ ⊡, and triangular, ⊿ ⊽ ◁ ◂, reflecting both building and tent doors. The triangles became the Greek capital letter Delta-Δ, rotated they gives us our 'D' shape.

Daleth-ד's value is '4', and our number '4' takes its shape from those triangles too.

It was noted that if you add a Daleth-ד as the fourth letter to the four letter name for God, *YHWH* / יהוה it produced the tribal name *Judah* / יהודה. This was thought to be a sign that the Messiah, who would come through Judah, would be the door-to-God, an idea Jesus applies to himself, **John 10:9.**

***Meanings** (Concrete to Abstract):* Door > Dangle > Draw > Way > Entrance > Poor > Impoverished

Hey-ה

ה

ᵼ ᵼ Ɛ ᚷ

Pictographic development

2ⁿᵈ of 4 vowels or breaths

Numeric value
Ordinal: 5
Standard: 5

The letter Hey-ה is the second consonantal vowel in Hebrew. It produces both the sound 'He' and 'Eh'. The Talmud (Menachot 29b) links the letter and the sound it creates to God's Breath/Spirit. It appears twice in the tetragrammaton, *YHWH*. As a result, the letter was treated as a divine breath when added to a name, as in Abraham and Sarah.

The word *Hey / הא* means **behold** or **here it is** (#H1887). It expresses the sound it produces, a surprised gasp or sign of satisfaction – an 'a-ha' moment. As a prefix, Hey-ה makes a noun definite – 'a man' becomes 'the man'.

The pictogram represents a man with his arms up in surprise, ᵼ – you can still see the arms and legs in our letter 'H', but the man has now lost his head! Over time the pictogram was rotated, Ɛ, and the three prongs of head and arms became the basis for our letter 'E'.

Meanings (Concrete to Abstract):
Behold > Lo > Here it is > Surprised Gasp > Satisfied Sigh > Divine Breath > The

---

Wav-ו

ו

 ᴼ ᚱ Ƴ Ƴ

Pictographic development

3ʳᵈ of 4 vowels or breaths

The word *Wav / וו* (#H2053) is used in the book of Exodus for the fasteners that hold various curtains in place in the tabernacle. Wav / וו is usually translated here as **hook** or **peg**, but it is worth noting that the text of Exodus describes them as having 'heads' and the original pictogram shows them looking more like **pins** or **nails**. A rounded or split head implies that these hooks pierced the fabric to join it to the pillar or lintel.

The letter Wav-ו has the value '6' and is associated in Jewish thinking with both mankind and work, because man was created on the 6ᵗʰ day and like God he works for 6 days out of 7.

א
ב
ג
ד
ה
ו
ז
ח
ט
י
כ ך
ל
מ ם
נ ן
ס
ע
פ ף
צ ץ
ק
ר
ש
ת

Numeric value
Ordinal: 6

Standard: 6

We see this thinking in the New Testament in the number of the beast, 666 – a trinity of human works! **Revelation 13:18**

In ancient scribal thinking the Wav-ו resembled a man with his head tilted forward.

As a prefix, the letter Wav-ו adds the word '**and**' to what follows. According to ancient scribes, the middle letter of the Torah in **Leviticus 11:42** is a Wav-ו, and an authorised Torah scroll marks this centre by writing an extra-large letter. It is as though the large Wav-ו holds the law together.

Meanings (Concrete to Abstract): Hook > Peg > Fastener > Pin > Nail > And > Man > Mankind > And

Zayin-ז

𐤆 𐤆 𐤆 𐤆 𐤆 𐤆

Pictographic development

Numeric value
Ordinal: 7

Standard: 7

The word *Zayin* / זין means a **weapon**, and the letter Zayin-ז looks like sword, but the root word *zun* / זון (#H2109/10) means to be **broad**, to **make plump** or to **feed**. When you consider that the pictograms for the letter tended to resemble agricultural tools, it seems that the original meaning was a cutting implement, which could be used for farming or fighting. It may be that a sword was **reinforced** or **strengthened** for battle.

Among the scribes, the Zayin-ז was considered to be a **crowned man**. It looked like the letter Wav-ו, a man, but with a hat. Early ornate texts would add a fringe to the top bar to make it more crown-like, ז̇.

The letter Zayin-ז has the value '7' and gives its shape to our numeral. The meaning of the number 7 is explored in more detail in *Volume 2: Jesus in the Beginning.*

Meanings (Concrete to Abstract): Sword > Weapon > Agricultural implement > Feed > Strengthen > Seven > A King

Heth-ח

ח

ᗺ ⊞ ⊞ ᕼ

Pictographic development

Numeric value
Ordinal: 8

Standard: 8

The letter Heth-ח produces the guttural 'ch' as in the word 'loch'. The letter looks like a **doorway**, distinct from the hinged door we saw in Daleth-ד. However, its pictograms are thought to represent a **wall**, a **fence** or a **ladder**. This dual image of a **wall** and a **way-through** is strengthened by scribal word play. They noticed how the word *Heth* sounded like the word for 'sin', *Heta* / חטא which is a **barrier**, but the letter Heth-ח was also associated with **grace** / *Hn* / חן because its numeric value was '8'!

The number '8' was associated with grace for several reasons. Circumcision, the sign of God's covenant, happened on the eighth day, eight people came through the flood, and David was the eighth son of Jessie. Finally, the satisfactional effect of sacrifice is called a 'soothing aroma' 43 times in the Bible, eg **Leviticus 1:13**, and while the spelling varies, every 'soothing aroma' contains the letter Heth-ח three times – a trinity of Grace.

Note that Jesus likens Himself to Jacob's **ladder**, calls Himself the **door** and the **way**, and the Greek spelling of His name equates to "888" in Greek Gematria (see *Volume 2: Jesus in the Beginning*).

Meanings (Concrete to Abstract):
Ladder > Wall > Doorway > Sin > Grace

Teth-ט

ט

Pictographic development

The word *Teth* / טית is derived either from the word *Twth* / טות (#H2908) which properly means to **twist** or **weave**, or from the word *Tet* / טיט (#H2916) which means **mud** or **clay**. The modern letter Teth-ט has a coiling shape and it reflects the circular shape of the older pictograms. The pictograms clearly represent a **woven container**, a **basket** which would often be sealed with **clay**, creating a

／

א
ב
ג
ד
ה
ו
ז
ח
ט
י
כ ד
ל
מ ם
נ ן
ס
ע
פ ף
צ ץ
ק
ר
ש
ת

Numeric value

Ordinal: 9

Standard: 9

connection between the two possible root words.

Teth-ט and its original pictogram, ⊕ would become the Greek letter Theta-θ, while the later Hebrew letter gives us the basic shape, ט used for our numbers '9' and '6'.

Meanings (Concrete to Abstract):
Mud > Clay > Woven > Basket > Container

Yod-י

Pictographic development

Numeric value

Ordinal: 10

Standard: 10

The word *Yod* / יד (#H3027) is one of two letter names that mean **hand**. However *Yod* / יד is a **working hand**, unlike the next letter Kaph-כ which is a receiving hand. Original pictograms depict the arm as well as the hand to emphasise the **work** aspect. The later glyph is written as a simple curl, י , like a clenched **fist**.

While Yod-י is the smallest letter, it is also considered to be the most important letter, as it is the start of the tetragrammaton *YHWH* / יהוה. (It is also the first letter in the name Jesus / ישוע). It is the most used letter in the Old Testament and, as a small curl, is considered by the scribes to be a part of every letter. The **working** or **fist** aspect meant that while small, Yod-י was also considered powerful.

Yod-י was also considered to be holy, because 'the tenth shall be holy to *YHWH*', **Leviticus 27:32,** and the numeric value of Yod-י is '10'. Yod-י often stands for the name *YHWH* at the beginning of a name, see Josiah, **1 Kings 13:2**.

Meanings (Concrete to Abstract):
Hand > Arm > Fist > Work > Working > Power > Holy

Kaph-כ

Pictographic development

1ˢᵗ of 5 letters with Sofit form

Numeric value

Ordinal: 11

Standard: 20 / 500

Kaph / כף (#H3709) means hand, palm, dish or spoon, because a spoon is a type of open hand for scooping up and stirring food. The root word *Kaphaph* / כפף (#H3721) means to bow or curve.

The letter Kaph-כ is the first of 5 letters to have two forms in Biblical Hebrew. While the normal form is written like a reversed letter 'C', כ. When it appears at the end of a word it is written like the letter Daleth-ד but with an extended stem, 'ך'. This is called the 'sofit' or 'final' form.

As a prefix, Kaph-כ adds 'as' or 'like' to a phrase – 'one like a son of man', Daniel 7:13. As a suffix it indicates possession, as in '*your* God'.

The pictogram represents a hand and becomes the Greek letter Kappa-κ and our letter 'K'.

The standard gematric value of Kaph-כ is 20, though the sofit form is often given the value of 500.

Meanings (Concrete to Abstract): Bow > Bend > Palm > Dish > As > Like > A Possession

---

Lamed-ל

ל

Pictographic development

Numeric value

Ordinal: 12

Standard: 30

Lamed / למד (#H3925) can mean to teach, learn, direct or goad, and can also mean skilful or expert. The Hebrew glyph Lamed-ל is said to look like an 'ox goad', the word for which, *malmad* / מלמד, comes from *lamed* / למד. But the older pictograms look more like a shepherd's crook or staff. Either way, it is clear that the Hebrew ideas about authority, direction and leading, teaching and learning were drawn from the concept of pastoral care. By the prod of a goad or the hook of a crook, the shepherd led the flock with his staff.

The link between Lamed-ל and leadership is strengthened by its positional value of 12, the number associated with leadership and governance throughout the Bible.

As a prefix, Lamed-ל adds the meaning of 'to', 'for' or '**towards**' an object.

The association between the **goad** and **learning** wrapped up in the letter Lamed-ל probably lies behind Jesus' words to Paul: 'It is hard for you to kick against the goads', **Acts 26:14**. Paul's education would lead him into his calling.

Meanings (Concrete to Abstract): Crook > Goad > Teach > Learn > Lead > Expert > Pastoral > Towards

Mem-מ

Pictographic development

2nd of 5 letters with Sofit form

Numeric value
Ordinal: 13
Standard: 40 / 600

Meanings
(Concrete to Abstract):
Waters > Sea > Primal
Chaos > Death > Surround >
Motherhood > Birth >
Life > From

The word *Mem* / מים (#H4325) means **waters** and can be either a large body of water like a **sea** or **lake**, or a **stream** of water. *Mem* is used poetically as **primal chaos**, **calamity** and **death**, and also for bodily fluids and the **juice** squeezed from organic matter. It can also imply **surrounding** or **engulfing** something.

Ironically, waters had a strong connection with **motherhood** and **birth**, and therefore **life** as well as **death**. The letters in the word for mother, *am* / אם symbolically mean **first-waters**, which is a reference to the waters of childbirth, **John 3:5**.

In the beginning, we read, 'let the waters team with swarms of living things', **Genesis 1:20**. Later we read how the waters 'destroy all flesh with the breath of life' in the flood, **Genesis 6:17**. Waters are **life** and **death**.

The pictogram shows ripples or waves. A wave is also depicted by the usual form of the glyph, מ. The sofit form, ם, is thought to represent a large body of water, but it could equally be the womb, the first-waters of life.

As a prefix, Mem-מ add the meaning '**from**' to a word, as in '**from** the King' etc.

Nun-נ

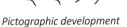

Pictographic development

3ʳᵈ of 5 letters with Sofit form

Numeric value

Ordinal: 14

Standard: 50 / 700

Nun / נון means **perpetuity** (#H5126/5) as **continuous** or **perpetual**, or it can mean to **re-propagate** like a plant. The original pictogram for the letter Nun-נ seems to show a seed beginning to sprout. The derivative word *Nin* / נין means **offspring**.

Nun / נין becomes a Messianic title when Solomon declares 'may his name endure forever, while the sun shines he will **offspring** (*Nin*), perpetual (*Nun*) shall be his name . . .', **Psalm 72:17**. Although most translations ignore the doubling of the word *Nin* and *Nun* it is commented on by the Rabbis.

This Messianic connection is reinforced by the letter's positional value, 14, which is the gematric total of the name David / דוד (4+6+4). Matthew organises Jesus' ancestors into groups of 14, because Jesus is the son of David / 14.

Meanings (Concrete to Abstract):
Seed > Sprout > Propogate > Continue > Perpetual > Perpetuity > Offspring

Samakh-ס

Pictographic development

Samakh / סמך (#H5564) can mean to **lean** on or into, to **hold up** or **support**, to **rest**, **stay** or **set**, but it is most often used for the **laying on** of hands. Hands are **laid on** sacrifices, Levites and leaders. The Rabbis saw a connection between the blessing pronounced to commission the Levites, **Numbers 6:24–26**, and the *samakh* / laying of hands on the Levites a couple of chapters before it, see **Numbers 8:10**. Because the blessing, 'The Lord bless you and keep you . . .' is **15** Hebrew words long, written in **60** letters, the letter Samakh-ס, has value **15** by position and **60** in the standard gematria.

א
ב
ג
ד
ה
ו
ז
ח
ט
י
כ ך
ל
מ ם
נ ן
ס
ע
פ ף
צ ץ
ק
ר
ש
ת

Numeric value
Ordinal: 15
Standard: 60

The pictogram for Samakh-ס is one of the hardest to trace, due to insufficient evidence. It seems to have developed from a fish into **thorn bush**. The Hebrews used **thorn bushes** like we use barbed wire, to create a protective hedge around their sheep or land that needed defending, Job 1:10, Psalm 89:40, Ezekiel 22:30. This idea of protection is represented in the current letter, ס, which is shaped like a **shield**.

Meanings (Concrete to Abstract):
Thorn Bush > Hedge > Protection > Shield

Ayin-ע

👁 0

Pictographic development

Numeric value
Ordinal: 16

Standard: 70

The word *Ayin* / עין (#H5869) has two concrete meanings, it is an **eye** and it is a **source of water**, a **spring**, a **well** or a **fountain**. From these physical meanings, the word is often used for the more abstract ideas of **perspective** and **emotional bias**, **instinct** or **prejudice**, how a person sees or thinks about the world.

The two meanings of Ayin-ע, **instinct** and **source**, lie behind Jesus' teaching about the eye: 'When your **perspective** is good, the whole body is full of light', Luke 11:34.

Ayin-ע was not a vowel but was usually sounded with one, perhaps producing a stop before the breath. In time, it became the short 'o' sound.

The original pictogram was an **eye**, 👁, which over time became a simple circle which could be both an **eye** and a **pool** of water or a **well**. The eventual glyph looks nothing like an eye! The circle became our 'O' and our Zero.

Meanings (Concrete to Abstract):
Eye > Source > Spring > Well > Perspective > Way of Seeing the World

Pey-פ

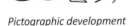

Pictographic development

4ᵗʰ of 5 letters with Sofit form

Numeric value

Ordinal: 17

Standard: 80 / 800

Pey / פה (#H6310) means **mouth**, **words** or **speech** (from a mouth), or the **edge** or **lip** of something. The symbolic meaning of *Pey*'s letters פ-ה joins **lip** to **breath** (see Hey-ה) to give **blow** or **express**.

Pey-פ produces the sound 'p' and 'ph', each of which require the lips to produce them.

The pictogram, ⌣, rather than representing an open mouth, seems to depict pursed lips, which become a simple crooked line, ⤶, representing the upper lip. The glyphs used for Pey-פ and its sofit form, ף, can still be thought of as representing the upper lip. Reversing the Sofit form gives us the shape of our letter 'P'.

Meanings, (Concrete to Abstract): Mouth > Blow > Speak > Words > Speech > Lip > Edge > Express

Tsade-צ

Pictographic development

5ᵗʰ of 5 letters with Sofit form

Numeric value

Ordinal: 15

Standard: 60

Tsade / צד (#H6654) means a **side** or **flank**, but is also used to mean **on-the-side-of** or **against** and seems to have the implication of **protection** or **concealment** to it. The word for a stronghold / מצד (#H4679) is made by adding a Mem-מ before Tsade / צד to give the symbolic meaning of *surrounded-side*.

The original pictograms seem to show someone lying down, but viewed from the side, ⌁. They could be hiding or it could be Jacob asleep at Bethel.

The letter Tsade-צ doesn't produce a single letter in English by shape or sound, it represents the sound 'ts'.

Meanings (Concrete to Abstract): Side > Flank > On the side of > Against > Hidden > Protected

Qoph-ק

Pictographic development

Numeric value

Ordinal: 19

Standard: 100

The word *Qoph* / קוף appears only once in the Bible, where it seems to be a borrowed word meaning **monkey**, 2 Kings 10:22. As a Hebrew word, *Qoph* / קוף is probably the unused root of words like *naqph* / נקף which is the root for words that mean to **circle around** (see #H5362/3). The glyph for Qoph-ק looks like a **loop** or the **eye of a needle**.

The pictogram is thought to show the sun on the horizon, ⊸, the beginning and end of its daily cycle. The idea of a **cycle** or **circuit** is reinforced by Qoph-ק's value of 19, because there is a 19-year cycle of lunar years to bring them back into alignment with the solar year (see pages 24–27, on the length of Daniel's years).

Meanings *(Concrete to Abstract):* Monkey > Loop > Circle > Encircle > Encompass

---

Resh-ר

Pictographic development

Numeric value

Ordinal: 20

Standard: 200

Resh / ראש is a common word with a wide range of meanings that fall into three groups. Its basic meaning is **head** (#H7217/8), but this can be used for **source, beginning, first, summit,** and **capital**. Resh / ראש (#H7219) can also be used for a range of **poisons** and **plants, gall, hemlock, venom**. Finally, from a different root, (#H7389) Resh / ראש can mean **poverty**.

As a stand-alone letter, Resh-ר came to stand for the title **Rabbi** in the Mishnah.

The letter Resh-ר has developed from the original pictogram which first drew the whole head, before becoming stylised and finally a simple curve for the glyph. You can see the our letter "R" in the pictogram and 'r' in the glyph, ר.

Meanings *(Concrete to Abstract):* Head > Summit > Source > Rabbi > Poison > Poverty

Shin-ש

Pictographic development

Numeric value

Ordinal: 21

Standard: 300

The word *Shin* / שֵׁן (#H8127-9) means **tooth**, **teeth**, ivory, a **rock face** or ridge, and **white / sharp rocks**.

The modern glyph, ש, still resembles the oldest pictogram, 𐤔, which depicted the two front teeth. Shin-ש gives us the shape of our letter 'w', but produces the sound 'sh'. By extension the letter Shin-ש can imply **consume** or **crush**.

Shin-ש is also used as a prefix, it adds the meaning '**that**', '**which**', '**who**' or '**whom**' to a verb.

Meanings (Concrete to Abstract):
Tooth > Ivory > Ridge > Cliff > Rocks

Tav-ת

Pictographic development

Numeric value

Ordinal: 22

Standard: 400

The last letter of the Hebrew alphabet is the letter Tav-ת. *Tav* / תו (#H8420) means a **mark** or **signature**. It comes from the root *tavah* / תוה which means to **mark out**, to **scratch** or to **imprint**, and is also used for a **wound** or a **pain**, see **Psalm 78:41**.

The pictogram shows a pair of **crossed sticks**, **+**, as did the glyph until the last century before Jesus. A pair of **crossed sticks** was a simple way to **mark** a location and the **cross** shape could be **engraved** as a personal **mark** on most materials. In Ezekiel, a cross-shaped Tav-ת is marked onto the foreheads as a sign of salvation.

A criss-cross of sticks was also part of making a burnt **offering**.

Meanings (Concrete to Abstract): Cross > Mark > Engrave > Wound > Pain > Offering

Jesus in the Old Testament Series (proposed plan)

1 Jesus in the Old Testament: THIS
An introduction BOOK!
Genesis – Malachi
978-0-9933445-1-0

2 Jesus in the Beginning:
Creation & Primeval History
Genesis 1 – 12   OUT
978-0-9933445-5-8 2017

3 Jesus in the Fathers:
Patriarchs & Promises
Genesis 12 – 50   OUT
978-0-9933445-7-2 NOW

4 Jesus in the Great Escape:
Out of Egypt
Exodus
978-0-9933445-5-8

5 Jesus in the Wilderness:
Signs and Wanders
Leviticus – Deuteronomy
978-0-9933445-8-9

6 Jesus in War and Peace:
The Age of Heroes and Heroines
Joshua – Ruth

7 Jesus in the United Nation:
Under an anointed Prophet, Priest and King
1 & 2 Samuel – 1 Kings

8 Jesus in Division and Defeat:
Prophetic Purpose in a Broken People
2 Kings – 1 & 2 Chronicles

9 Jesus in Words of Wisdom:
For Life, Love and Loss
Job – Song of Songs

10 Jesus in Worship and OUT
Wonder: 2017
Melody, Mystery and the Messiah Psalms
978-0-9933445-9-6

11 Jesus in the Major Prophets:
Incarnation, Crucifixion, Resurrection and Ascension
Isaiah – Daniel

12 Jesus in the Minor Prophets:
Revealing the Plans of God
Hosea – Malachi

13 Jesus in Exile and Return:
Creating a Space for Grace
Ezra – Esther + input from the prophets

14 Jesus in the Silent Years:
Providence in the Wait for The Messiah
End of the Old Testament to start of the Gospels